Dans le lit d'un milliardaire

LOUISE FULLER

Dans le lit d'un milliardaire

AZUR

HARLEQUIN

Collection : Azur

Titre original :
BEAUTY IN THE BILLIONAIRE'S BED

HARPERCOLLINS FRANCE
83-85, boulevard Vincent-Auriol, 75646 PARIS CEDEX 13
Service Lectrices — Tél. : 01 45 82 47 47 - www.harlequin.fr
ISBN 978-2-2804-7219-7 — ISSN 0993-4448

Composé et édité par HarperCollins France.
Imprimé en mars 2022 par CPI Black Print (Barcelone)
en utilisant 100% d'électricité renouvelable.
Dépôt légal : avril 2022.

FSC www.fsc.org MIXTE Papier issu de sources responsables FSC® C159065

Pour limiter l'empreinte environnementale de ses livres, HarperCollins France s'engage à n'utiliser que du papier fabriqué à partir de bois provenant de forêts gérées durablement et de manière responsable.

1.

Tandis que le train amorçait une courbe dans la lumière déclinante, Frankie Fox frissonna et regarda d'un œil morose le paysage crépusculaire défiler derrière la vitre.

Elle devrait se sentir sur un petit nuage. La journée avait commencé de façon si prometteuse !

Durant deux ans, elle avait œuvré sans relâche, et elle avait fini par réussir : trois jours plus tôt, son profil sur les réseaux sociaux – @StoneColdRedHotFox – avait obtenu son millionième follower ! Mieux encore, l'homme de ses rêves venait de l'inviter à passer le week-end à Hadfield Hall, sa maison de famille dans le Northumberland. Pour la première fois depuis deux ans, elle s'était laissée aller à rêver et à espérer qu'une seconde chance s'offrait à elle, que quelqu'un lui accordait un peu de place dans sa vie…

Après des semaines de pluie, elle s'était réveillée sous un soleil éclatant dans un superbe ciel bleu azur, et, par miracle, elle était arrivée en avance à la gare où, comme promis, Johnny l'attendait sous l'horloge. Johnny Milburn était un acteur prometteur. Un jeune premier blond au corps mince et aux traits réguliers de super-héros, au sourire éclatant et aux yeux de velours. Ils s'étaient rencontrés trois mois plus tôt lors du lancement d'un nouveau produit. Une simple réunion de travail, sauf qu'elle avait eu le coup de foudre au premier regard. Le samedi précédent, lorsqu'il lui avait pris la main en déclarant qu'elle travaillait trop, elle avait littéralement fondu, parce qu'il la regardait comme s'il n'existait personne d'autre au monde. Il ne l'avait pas embrassée, mais il l'avait invitée à venir passer le week-end avec lui à Hadfield Hall, sa maison de famille située sur une île côtière du Northumberland.

C'était si incroyable, si romantique…

Mais dans un roman rose, il y a toujours une héroïne et un héros, et son héros aurait dû être là, assis en face d'elle. Sauf qu'il se trouvait en ce moment de l'autre côté de l'Atlantique, à Los Angeles, et qu'elle-même faisait route toute seule vers le Northumberland.

Elle avait bien essayé de dire à Johnny qu'elle ne pouvait pas débarquer comme ça sans lui dans sa famille, mais il n'avait rien voulu entendre.

— S'il te plaît, Frankie ! Ça m'embête assez de ne pas pouvoir t'accompagner, mais si tu refuses, je ferais aussi bien d'annuler mon voyage à LA, parce que ça me rendrait malade d'avoir en plus gâché ton week-end !

— Je ne vois pas ce que je vais pouvoir dire à ton frère !

Elle appuya le front à la vitre, souriant au souvenir du soulagement qu'il avait manifesté en la sentant céder.

— Arlo ? Oh ! mais tu n'auras rien à lui dire ! Je le croyais à la maison, mais apparemment il est encore dans l'Antarctique. Il ne reviendra pas avant des mois.

C'était déjà ça, songea-t-elle en regardant la pluie dégouliner tristement sur la vitre.

Le frère de Johnny, Arlo Milburn, ancien officier de marine plusieurs fois décoré, était un explorateur polaire et un expert reconnu dans le domaine de l'environnement. Elle qui redoutait déjà de le rencontrer en présence de Johnny, si en plus elle avait dû l'affronter seule… Heureusement qu'il n'était pas là, songea-t-elle en frissonnant de nouveau.

— Tu te reposeras bien à Hadfield Park, avait dit Johnny. Comme il n'y a pas de réseau, ton téléphone te laissera tranquille, et tu seras complètement libre de tes mouvements : il n'y aura personne d'autre que Constance.

— Constance ?

— La gouvernante qui s'occupe de la maison.

— Elle ne va pas trouver bizarre de me voir débarquer toute seule ?

— Non. Elle n'aime pas qu'Arlo s'en aille, et elle sera contente de te voir arriver. Tu t'entendras bien avec elle, avait-il dit en lui prenant la main. D'ailleurs, elle est déjà avertie de ta venue. Tu vois, tu dois y aller.

Il semblait si bourrelé de remords, si contrit. Et si beau…

La nuit était tombée maintenant, et elle observa son reflet dans la vitre.

De toute façon, avec ou sans Johnny, elle avait besoin de faire une pause, de changer de décor. C'était exactement ce que lui avait ordonné le médecin.

Soudain, elle sentit son cœur s'emballer et ses mains devenir moites. Elle serra les poings, si fort que ses articulations blanchirent, et ses épaules se soulevèrent.

Dans ces moments-là, elle avait l'impression de perdre sa substance, alors que c'était en fait tout le contraire.

Elle seule avait survécu.

Maintenant encore, elle éprouvait une douleur physique à la pensée du drame.

Deux ans auparavant, elle rentrait en Angleterre avec sa famille après des vacances en Provence. Son père pilotait, et l'avion s'était écrasé. Ils étaient tous morts : son père, sa mère, son frère, sa sœur. Elle seule avait survécu. Chaque jour, elle se demandait pourquoi.

— Notre train va bientôt entrer en gare de Berwick-upon-Tweed. Vérifiez que vous n'avez rien oublié à l'intérieur.

La voix automatique l'arracha à ces sinistres souvenirs, et elle s'efforça de recouvrer son calme.

Une fois le choc passé, elle avait dû subir des entretiens avec des hommes de loi, et pour finir, une enquête. Elle avait eu beau dire la vérité, cela n'avait servi à rien. C'était à ce moment-là qu'elle avait commencé son blog, et depuis, elle n'avait plus arrêté. Mais au bout de dix-huit mois de travail acharné, elle en payait le prix : elle dormait mal, ne parvenait pas à se concentrer, et les derniers temps, elle avait l'inquiétante impression de se sentir effacée, gommée… Comme un dessin raté.

De retour dans le présent, elle s'aperçut que le wagon était vide, et elle se leva pour récupérer ses bagages.

Tout allait se passer au mieux. À Hadfield Hall, elle pourrait se détendre. Elle irait se promener sur la plage et observerait les nuages.

En fait de nuages, lorsqu'elle frappa vingt minutes plus tard à la porte de l'immense bâtisse de pierre grise au moyen du lourd heurtoir de bronze, la pluie faisait rage.

Elle frissonna dans sa veste trop légère, le cœur battant au rythme des gouttes qui lui frappaient le visage.

Elle s'était imaginé Constance lui ouvrant la porte, un sourire chaleureux aux lèvres. Mais pas trace de gouvernante ni de lumière aux fenêtres.

Constance avait-elle bien reçu le message annonçant sa venue ? Ne devrait-elle pas joindre Johnny ?

S'efforçant de raffermir ses jambes tremblantes, elle sortit son téléphone, constata l'absence de réseau et se retourna à temps pour voir les feux du taxi qui l'avait amenée disparaître dans la nuit.

En soupirant, elle chercha dans son sac la clé que lui avait donnée Johnny et ouvrit la porte.

À l'intérieur, l'obscurité était totale. En tâtonnant, elle finit par trouver un interrupteur, et le hall d'entrée s'illumina, aussi vaste qu'un court de tennis : un plafond orné de stucs, d'innombrables tableaux aux lourds cadres dorés sur les murs, et au fond, un majestueux escalier d'acajou.

Elle n'ignorait pas que la famille de Johnny était riche et qu'il avait un appartement dans Eaton Square et une propriété à la campagne. Elle savait aussi qu'un de ses cousins portait le titre de lord ou de comte. Pourtant elle ne s'était pas posé de question à ce sujet jusqu'à aujourd'hui. Mais là… Que ressentait-on quand on vivait dans un lieu comme celui-ci ? Quand on en était propriétaire ? Les gens ordinaires comme elle ne vivaient pas dans ce genre d'endroit. Tout au plus pouvaient-ils y passer un week-end, ou, dans son cas, une nuit.

Demain, quoi qu'il lui en coûte, elle prendrait une chambre dans l'hôtel le plus proche – Johnny comprendrait. Mais pour le moment, elle n'avait qu'une idée en tête : aller se coucher.

Au premier étage, elle découvrit un nombre incroyable de chambres à coucher, toutes décorées de lourds tissus, de tapis persans et de tableaux représentant des chevaux. Telle Boucle d'Or, elle les parcourut, caressant de la paume le velours des dessus-de-lit et tâtant les matelas.

Celui-ci est trop mou, cet autre trop dur, mais celui-là…

Dans cette chambre, l'atmosphère y était différente : une étagère était remplie de livres, et sous la fenêtre se trouvait un vieux panier pour chien en osier.

Quand elle s'assit au bord du vaste lit au cadre d'acajou, le matelas s'enfonça.

Celui-là lui convenait parfaitement.

Dans l'austère salle de bains attenante, pas de produits de toilette. Un carrelage gris foncé, une baignoire grande comme un paquebot et un fauteuil de cuir qui n'aurait pas déparé dans un club de gentlemen. Sans oublier une batte de cricket appuyée au mur, comme si on l'avait posée là au retour d'un match.

Elle fit ses ablutions et fixa un instant la batte avant de la prendre en main.

Elle se trouvait sur une île, dans une maison visiblement bâtie pour résister à des envahisseurs venus de la mer, mais mieux valait s'assurer d'une protection supplémentaire.

De retour dans sa chambre, elle ôta ses vêtements humides et tira de sa valise la nuisette de soie bleue qu'elle avait emportée au cas où il se passerait quelque chose avec Johnny, pour se donner l'air cool et pleine d'assurance, même si elle se sentait exactement le contraire.

La gorge serrée, elle caressa le tissu soyeux.

Pourquoi ne pas la mettre ce soir, malgré tout ?

Pelotonnée sous l'édredon, elle contempla les lourds rideaux de brocart.

Un vrai conte de fées. Si Johnny était là, ce serait le rêve… Mais il n'y était pas. En ce moment même, il se trouvait de l'autre côté de l'océan. La vie n'était pas un conte de fées – en tout cas, pas la sienne.

Alors qu'elle tendait le bras pour éteindre la lampe de chevet, la maison parut momentanément reprendre vie : la plomberie se mit à gargouiller et les fenêtres à cliqueter. Il lui sembla même entendre claquer une porte…

Mais non, elle se faisait des idées.

En bâillant, elle prit un oreiller, le serra contre sa poitrine et roula sur le côté, bercée par le crépitement de la pluie.

Soudain, un bruit de pas l'arracha à son demi-sommeil, et elle se dressa sur le lit, tremblante et le cœur battant.

Au moment où elle entendit la porte s'ouvrir, elle saisit dans l'obscurité la batte posée à côté d'elle.

— Qu'est-ce qui… ?

Il y eut un craquement, puis un bruit sourd suivi d'un juron, comme si quelqu'un venait de heurter un objet.

Une seconde plus tard, la lumière éclaira la pièce.

Sa valise à roulettes qu'elle avait laissée près de la porte était renversée, et un homme se dressait à côté, un sac de voyage à la main, un chien à côté de lui.

En le voyant poser son bagage, elle brandit la batte de base-ball, tous muscles tendus.

— N'approchez pas, hurla-t-elle, folle de terreur.

Il y eut un silence, puis il fit un pas en avant, contournant la valise, et son regard d'un gris menaçant se riva sur elle.

— Sinon ? questionna-t-il d'une voix rauque.

— Approchez, et vous le saurez.

Il haussa les sourcils, et ses lèvres se retroussèrent entre grimace et sourire, découvrant des dents étincelantes.

— C'est une invitation ?

Choquée, elle le fixa, tremblant de tous ses membres.

Il était grand et large d'épaules, et sous l'épaisseur de sa veste, il émanait de lui une force tranquille et maîtrisée. Mais ses traits étaient ingrats et irréguliers, un mélange de Modigliani et de Picasso : une bouche trop large fendant une barbe foisonnante, un nez un peu tordu comme s'il avait été cassé, et sur la joue une cicatrice très marquée.

Peut-être, en d'autres circonstances, lui aurait-elle trouvé une forme de beauté non conventionnelle. Oui, cette virilité à l'état brut, sans compromis, avait quelque chose d'attirant. Mais pour l'instant, elle n'était guère portée à l'indulgence.

— Je viens d'appeler la police, mentit-elle en le fixant, les joues en feu, les doigts toujours crispés sur la batte. À votre place, je déguerpirais en vitesse.

— Vraiment ? répondit-il en soutenant son regard. Juste au moment où ça commence à devenir intéressant ?

Elle s'empressa de remonter l'édredon et de le plaquer sur elle.

— N'hésitez pas à rappeler la police, poursuivit-il. Et demandez-leur d'apporter une balle pour pouvoir user à bon escient de l'ustensile que vous brandissez avec tant d'ardeur.

Elle le fixa, confuse. Sans avoir l'habitude de converser avec des cambrioleurs, elle sentit que ce discours n'était pas de ceux qu'ils ont coutume de tenir.

— Vous vous trouvez sans doute drôle ?

— Pas du tout. Et vous ?

— Moi non plus…

— Dans ce cas, dit-il en la contemplant avec un mélange d'exaspération et d'hostilité. Pourriez-vous avoir l'amabilité de m'expliquer ce que vous faites dans mon lit ?

Elle sentit son cœur s'arrêter de battre tandis que ses

yeux se posaient sur le sac aux pieds de l'inconnu, et plus précisément sur les initiales *A M* gravées dans le cuir.

Arlo Milburn.

Un lourd silence emplit la pièce.

— Vous n'étiez pas censé être là. Que... Que faites-vous ici ? finit-elle par réussir à articuler.

Lentement, l'homme traversa la pièce pour s'arrêter au bord du lit.

— C'est exactement la question que je m'apprêtais à vous poser, répliqua-t-il froidement.

En voyant le visage pâle de la jeune femme se figer sous le choc, Arlo serra les dents.

Ces derniers jours avaient été des plus frustrants. Il avait quitté la station de recherche du Brunt Ice Shelf pour Nairobi où il devait participer à une conférence sur le climat. Une réunion importante, tout le monde y serait. Mais lorsqu'ils avaient atterri à Durban, un technicien avait détecté une panne électrique sur l'avion. Après avoir passé huit heures à arpenter le hangar, il avait fini par rater sa correspondance et la possibilité de prononcer le discours qu'il avait prévu. Comme si ça ne suffisait pas, son assistante l'avait appelé pour lui annoncer qu'elle venait de se casser le bras et qu'elle ne reprendrait pas le travail avant six semaines. Écœuré par cet acharnement du sort, il s'était décidé à rentrer chez lui à l'improviste. Grosse erreur : en raison de la tempête Delia qui sévissait sur les côtes britanniques, le voyage avait été encore retardé. Il avait froid, il était trempé et épuisé, et il n'avait qu'une envie, se mettre au lit.

Sauf que son lit était déjà occupé par une inconnue qui avait l'air de sortir d'un tableau du Titien et qui lui brandissait sous le nez sa propre batte de base-ball !

— Si vous m'expliquiez ce que vous faites ici, chez moi

et dans mon lit ? Et en vitesse, sinon c'est moi qui vais appeler la police, et contrairement à vous, je ne bluffe pas !

En voyant les joues de la jeune femme s'empourprer, il ne put s'empêcher d'éprouver une certaine satisfaction.

— Inutile de prendre ce ton d'adjudant-chef, vous n'êtes plus à l'armée, rétorqua-t-elle.

— J'étais dans la marine, et capitaine, pas adjudant-chef.

— Félicitations. Eh bien, Johnny était censé vous avoir mis au courant, dit-elle en se mordillant la lèvre d'un air à la fois confus et consterné. Il m'a dit qu'il vous avait appelé.

Johnny… Évidemment.

Il jura dans sa barbe, se demandant ce que son frère avait pu raconter à cette fille.

Après la mort de leur mère, leur père dévasté par le chagrin s'était retiré dans son atelier d'artiste, et c'était lui, Arlo, qui s'était occupé de son jeune frère, qu'il adorait. Mais Johnny avait quelques faiblesses : jamais à l'heure, le plus grand mal à tenir ses engagements, et une tendance navrante à juger les gens sur leur mine, ce que cette petite rousse sournoise avait dû exploiter à son avantage.

— Où est-il ? s'enquit Arlo.

— Je ne sais pas au juste, répondit-elle d'une voix tremblante, en le fixant droit dans les yeux.

Durant quelques secondes, il oublia qu'il était en colère, épuisé, et qu'il avait froid, et il la contempla sans rien dire, fasciné par le bleu de ses yeux.

Le bleu du ciel de l'Antarctique en été. Un bleu tirant sur le violet, le bleu des fleurs du romarin qui poussait en abondance dans le potager de Hadfield Hall. Il eut le plus grand mal à s'empêcher de se pencher vers elle pour mieux sentir son odeur.

Johnny avait toujours eu des femmes dans sa vie, songeat-il avec un pincement au cœur. Dès l'adolescence, un flux continu de filles aux longues jambes quasiment interchangeables. Mais pour une raison inconnue, l'idée qu'il ait une relation avec cette femme-là le hérissait. Sans doute parce que cette petite impudente connaissait à fond l'effet qu'elle produisait sur les hommes.

Sauf sur lui, évidemment… À moins qu'il s'efforce tout simplement de dissimuler sa frustration.

— Écoutez-moi bien, je viens de passer deux jours dans des trains, des avions et des taxis, j'ai froid, je suis harassé, et j'ai failli me casser la figure en trébuchant sur votre fichue valise. Je ne suis pas d'humeur à jouer à cache-cache.

Elle releva le menton.

— Je ne joue à rien. Johnny n'est pas là. Il est…

— Comment ça, coupa-t-il. Si vous, vous êtes là, il doit bien y être aussi ! Et qu'est-ce que… ?

Croyant déceler une forme sous l'édredon qu'elle serrait contre sa poitrine, il le lui arracha des mains.

— Vous êtes fou ! hurla-t-elle.

Il découvrit l'oreiller, puis ses yeux se posèrent sur le corps de l'inconnue, et une flamme lui embrasa le ventre.

Sous le choc de la surprise, il n'avait remarqué que ses yeux, ses taches de rousseur et ses cheveux. Mais maintenant, en découvrant son corps presque nu sous la combinaison de soie bleue, il eut l'impression que le sol s'était mué en glace et qu'il y glissait sans pouvoir s'arrêter.

La peau pâle de cette fille avait l'air très douce, et sa combinaison suggérait plus troublant encore : le galbe de ses seins et la courbe provocante de ses hanches.

Il ferma les yeux pour tenter de retrouver son calme.

— Donc, il n'est pas là, dit-il en tapotant le lit.

— Je viens de vous le dire. Nous étions censés venir ici tous les deux, mais à la dernière minute, il a dû partir pour LA. Il m'a donc donné la clé en me disant de disposer de la maison à ma guise.

Il avait beau être au comble de l'exaspération, il éprouvait une irrésistible envie de presser sa bouche sur celle de cette fille, pour effacer cette moue insolente.

— Vraiment ? C'était très généreux de sa part.

— Il ignorait que vous seriez de retour. Il a seulement cherché à me faire plaisir.

— Et vous êtes ?

— Frankie Fox.

— Drôle de nom, lança-t-il d'un ton méprisant. Cela va avec votre couleur de cheveux, je suppose. Vous avez changé de nom, ou vous les avez fait teindre ?

— C'est ma couleur naturelle, rétorqua-t-elle en le fusillant du regard. Et ce nom m'a été transmis par mes parents.

— Je suppose que vous êtes actrice, vous aussi ? Elles sont toutes folles de Johnny.

Il tenait à la remettre à sa place, mais en la voyant frissonner, il sentit son cœur se serrer.

Bon, ce n'était pas comme si elle comptait vraiment pour Johnny. Elle avait beau être très jolie, son frère était toujours entouré d'une cohorte de femmes superbes.

— Je ne suis pas actrice, déclara-t-elle en relevant le menton d'un air de défi. Je suis influenceuse.

— Pardon ?

— *Influenceuse.* Sur un *réseau social…*

Elle avait parlé lentement, comme s'il était étranger ou dur d'oreille.

— En un mot, les marques m'envoient des vêtements et des accessoires, et ils me paient pour en parler à mes followers, expliqua-t-elle en levant les yeux au ciel.

Par « followers » elle devait désigner un troupeau de jeunes gens à la langue pendante ?

Il repassa dans sa tête ce qu'elle venait de lui raconter, et soudain tout lui sembla clair : Johnny l'avait invitée dans la demeure familiale ; au dernier moment, il avait dû partir pour les USA, elle avait néanmoins décidé de venir seule, et, cerise sur le gâteau, de se coucher dans son lit, vêtue d'une tenue de nuit affriolante.

Une suite de coïncidences ? Peut-être. Mais vu la façon

dont elle le regardait en se mordillant la lèvre, cela pouvait aussi avoir été calculé par une jolie opportuniste sans principes cherchant à tirer parti de ses charmes.

— Absolument fascinant, approuva-t-il sur un ton plein de dérision, les yeux rivés sur les minces bretelles visibles à la lisière de l'édredon qui dissimulait ses seins. Mais dans cette tenue, qui cherchez-vous exactement à influencer ?

— Personne ! Je ne suis pas ici pour mon travail !

Pas à cette heure-ci, évidemment.

De nouveau, la colère s'empara de lui. Ce n'était peut-être pas son boulot, mais cette fille était une sacrée actrice. Sauf que, avec lui, elle était plutôt mal tombée.

— Pas pour votre travail ! Eh bien alors, vous allez devoir quitter ces lieux, dit-il en soulevant sa ridicule petite valise rouge qu'il déposa sur le lit. Faites vos bagages. Dès demain matin, vous déguerpirez de chez moi. Et sortez de mon lit.

Elle le fixa, bouche bée, comme si elle ne comprenait pas.

D'ailleurs, il ne se comprenait pas lui-même. Il n'avait sûrement pas été éduqué à chasser une invitée de son lit.

Sauf qu'il connaissait ce genre de fille. Sous sa combinaison de soie, Frankie Fox dissimulait tous les ennuis possibles. Peut-être qu'un autre aurait été tenté de la lui ôter, mais pas lui. C'était le bénéfice qu'il tirait de son désastreux mariage avec Harriet : réfléchir avant de passer à l'acte.

— Vous ne pouvez pas me jeter dehors, balbutia-t-elle.

— Je suis chez moi, je fais ce que je veux, et j'ai sommeil. La journée a été longue, et demain, je dois travailler à une série de conférences. Contrairement à vous, on ne me paie pas pour me promener en sous-vêtements. Et je ne tiens pas un B & B pour les laissées-pour-compte de mon frère.

Elle le fixa comme si elle allait lui jeter sa valise à la tête.

— Comment osez-vous ?

— Écoutez, mademoiselle Fox, répondit-il en soutenant son regard, j'ai tout compris. Vous êtes venue ici jouer à papa-maman avec mon nigaud de frère, et éventuellement l'« influencer » pour aller un peu plus loin. Seulement, il s'est débiné, et vous vous êtes repliée sur votre plan B : moi. Seulement, vous perdez votre temps, jamais je ne m'intéresserais à une profiteuse comme vous.

Le visage de la fille tourna à l'écarlate.

— Vous vous imaginez que je cherche à vous séduire ?

— Veuillez avoir la bonté de sortir de mon lit.

— J'aimerais mieux coucher avec votre chien !

— Je vous préviens qu'il ronfle, et inutile de faire du drame, il y a toute une aile de chambres vides dans cette maison. Vous le savez certainement déjà car vous avez fait comme chez vous et exploré les lieux, dit-il en commençant à déboutonner sa chemise.

— Qu'est-ce que vous faites ?

Dans sa voix, il perçut un accent de panique.

— Je me déshabille.

Dans le miroir, il la vit attraper un jean et une veste posés sur une chaise, puis se pencher pour ramasser ses boots, sa chevelure tombant en cascade sur ses épaules nues.

Délicieuse.

Il se retourna pour lui faire face.

— Rendez-moi la clé maintenant.

Folle de rage, elle fouilla les poches de sa veste, mais la clé avait dû glisser dans la doublure. Il voulut l'aider à l'en extraire, et leurs doigts se touchèrent.

Il crut recevoir une décharge électrique.

— Ne me touchez pas ! dit-elle en faisant un bond pour s'écarter de lui, le souffle court.

Il n'avait pas cherché à la toucher, mais maintenant, devant son expression farouche et ses lèvres entrouvertes, il aurait aimé prolonger ce contact, goûter à sa peau satinée…

— Je n'en avais pas l'intention. Et maintenant, rendez-moi cette clé.

Elle la jeta sur le lit et empoigna sa valise. Avant de passer la porte, elle se retourna pour le toiser, l'œil étincelant.

— Vous savez, Johnny parle de vous comme si vous alliez sauver le monde. Pour lui, vous êtes un héros.

Puis, sans lui laisser le temps de répondre, elle disparut, tandis qu'il sentait quelque chose éclater dans sa poitrine.

2.

Arlo roula sur le côté et ouvrit les yeux à contrecœur.

Les lourds rideaux laissaient entrer un pâle rai de lumière. C'était donc le matin, même s'il n'en avait pas l'impression.

Tandis qu'il s'étirait, Nero, son lurcher, se redressa dans son panier et lui adressa un regard suppliant.

— Couché, ordonna Arlo en s'asseyant dans son lit avant de se passer la main sur le visage, contrarié.

Il aurait préféré dormir davantage et, d'habitude, c'est ce qu'il faisait, surtout s'il y avait un orage. Pour une raison inconnue, il adorait rester au lit dans la tempête à écouter les éléments se déchaîner contre les murs épais de la maison.

Mais pas cette nuit. Il avait passé des heures à se tourner et se retourner entre les draps au rythme de la pluie. Cette nuit, rien ne s'était passé normalement.

Son pouls s'accéléra.

Cela faisait longtemps qu'il n'avait pas trouvé une femme dans son lit en rentrant chez lui. Surtout une femme très légèrement vêtue et brandissant une batte de base-ball. Cela ne lui était même jamais arrivé…

Il tendit le bras pour soulever la batte.

Elle était lourde, mais il avait connu pire : six mois plus tôt, lors d'une expédition dans la péninsule de Yamal, dans un bar de Murmansk, il avait tenté de s'interposer entre deux brutes qui fêtaient leurs payes et qui lui avaient cassé le nez avec une queue de billard.

Ce n'était pas la première fois qu'il avait le nez cassé,

mais ça faisait mal quand même. Tout comme les côtes cassées. Mais à tout prendre, il préférait encore être frappé avec une queue de billard qu'entendre la phrase qu'avait lancée Frankie Fox en partant.

« Pour lui, vous êtes un héros. »

Il serra les dents.

Sans être un héros, il avait une belle collection de médailles et de cicatrices. Pourtant, ce qui l'avait empêché de dormir, c'était le mépris qu'il avait lu sur le visage de Frankie. Et la discrète odeur de jasmin qui imprégnait encore son oreiller.

Il sortit du lit pour aller à la salle de bains, tourna le robinet et se mit la tête sous l'eau froide.

Comment une soi-disant « influenceuse » pouvait-elle l'amener à se poser tant de questions ?

Elle connaissait à peine Johnny, et lui, elle ne le connaissait pas du tout, mais elle avait eu raison sur un point : il était l'idole de son frère. Malgré leurs onze ans d'écart et toutes leurs différences, ils avaient toujours été proches. Arlo était le plus difficile, même s'il était sorti de Cambridge avec deux mentions très bien et un doctorat en géologie et sciences de la terre. Quant à Johnny…

Sa gorge se serra.

Tout le monde aimait Johnny. Il était beau, gentil, généreux… Trop généreux, songea-t-il en revenant vers la fenêtre de la chambre dont il écarta les rideaux pour contempler la mer grise et agitée. Et certaines gens sans scrupule comme Frankie Fox profitaient de sa générosité.

De nouveau, il jura dans sa barbe.

Pourquoi pensait-il encore à cette femme ?

En fait, il savait pourquoi.

Il agita les doigts, repensant au moment où leurs mains s'étaient touchées. Un frôlement qui lui avait paru terriblement intime. Comme si c'étaient leurs lèvres.

Ce contact avait eu quelque chose d'électrique. Ils l'avaient ressenti tous les deux. Sans doute de l'électricité statique à cause de ce truc en soie qu'elle portait…

Et voilà, de nouveau il la revoyait à moitié nue !

En serrant les dents, il se retourna pour caresser la tête de Nero, comme si ce geste pouvait annuler la sensation qu'il avait éprouvée en la touchant.

La nuit dernière, il était épuisé, désorienté. La preuve, il lui avait fallu trébucher sur cette valise pour comprendre qu'il y avait quelqu'un dans la maison. S'il avait été dans son état normal, il aurait senti cette présence dès qu'il était entré.

Il se passa la main sur le visage et sentit sa cicatrice sous ses doigts.

Oui, ce devait être la fatigue. Après son mariage raté, il était resté seul, par choix. Jamais il n'aurait dû s'engager avec Harriet. L'amour, les relations, les femmes… On pouvait ranger tout ça sous la rubrique « hasardeux, imprécis, illogique ». Tout ce qui lui faisait horreur. Alors, à part un petit flirt à l'occasion, il avait toujours gardé ses distances.

Jusqu'à cette Frankie Fox surgie de nulle part !

Il esquissa un sourire.

Rien d'étrange à ce qu'il ait un peu perdu les pédales en trouvant dans son lit cette fille de rêve. Frankie était bien réelle, et elle se trouvait encore ici. Et bien qu'elle ait paru capituler la veille, il n'était pas sûr qu'elle accepte de partir sans regimber. En se rappelant le regard qu'elle lui avait jeté en le quittant, il sentit tout son corps se tendre.

Peut-être, en d'autres circonstances, lui aurait-il permis de rester. La place ne manquait pas, et il ne courait aucun danger. Elle avait beau ressembler à une flamme vivante, il s'était déjà brûlé et avait retenu la leçon. Mais il était ici pour travailler, pas pour se distraire. Et il n'ignorait pas que Frankie serait une distraction. Avec un grand D.

Constance n'aurait qu'à lui réserver une chambre à l'hôtel pour deux jours, et il lui proposerait de la conduire à la gare…

Un roulement de tonnerre se fit entendre, et il observa, inquiet, le ciel qui s'obscurcissait.

Il ferait mieux de s'en occuper dès maintenant car l'orage grondait déjà.

Dix minutes plus tard, en entrant dans la cuisine, il contempla avec satisfaction le carrelage crème des murs et les placards de chêne chaulé.

Lorsque son père s'était retiré du monde, la maison était tombée en décrépitude. La cuisine était la première pièce qu'il avait rénovée, et même si elle paraissait moins opulente que le salon, elle restait sa pièce préférée.

— Bonjour, Constance, dit-il en jetant un coup d'œil à la casserole posée sur le chauffe-plats. Du porridge ! Superbe ! J'ai une faim de loup.

Constance le contempla, bouche bée.

— Qu'est-ce que vous faites ici ?

Il éprouva une pointe d'agacement : d'abord Frankie, et maintenant Constance. Pourquoi lui posaient-elles toutes cette question ?

— Je viens prendre mon petit déjeuner. C'est le journal d'hier ?

— Je pensais que vous étiez avec Frankie, répondit l'intendante, ignorant sa question.

« Avec Frankie » !

Deux petits mots, mais qui impliquaient beaucoup plus qu'il n'était souhaitable, se dit-il tandis que l'image alléchante qu'ils évoquaient lui envahissait l'esprit.

— Je ne l'ai pas vue, dit-il en se tournant vers la fenêtre. L'orage se précise.

Le vent grondait comme un animal pris au piège, et des rafales de pluie déferlaient contre la fenêtre.

— Elle a dit que vous deviez la raccompagner à la gare.

La petite canaille…

— Je vais le faire dès que j'aurai déjeuné.

— Comme vous ne descendiez pas, elle est partie seule, il y a vingt minutes.

Il se précipita vers la fenêtre qui donnait sur la route.

Le ciel était de plus en plus sombre et la pluie si violente qu'on n'y voyait presque rien. Pourtant, il distingua une tache rouge qui progressait sur la petite route.

La valise de Frankie.

Les dents serrées, Frankie agrippa la poignée de sa valise.

Arlo Milburn était un individu répugnant et sans cœur qui avait eu la cruauté de la chasser de son lit au milieu de la nuit. Quant à ses accusations…

À ce souvenir, elle sentit son cœur se serrer.

Quelle froideur méprisante… Lui, le frère de Johnny ! Et quand elle avait cherché la clé dans sa poche et qu'il avait fait mine de l'aider… Sans le vouloir, elle avait effleuré sa paume tiède et éprouvé comme une décharge électrique.

Sa bouche se crispa.

Elle ignorait quelles étaient les relations de cet Arlo avec Johnny, mais elle aussi, par rapport à ses frère et sœur… Les jumeaux avaient toujours été d'excellents élèves et des sportifs accomplis, accumulant prix et médailles. À l'école, Harry avait été élu représentant des élèves, et Amelie était considérée comme une sainte. Avec ses cheveux blonds et son sourire adorable, elle avait l'air d'un ange. Tout le monde était toujours surpris d'apprendre que Frankie était aussi une Fox… Et désormais, elle seule survivait.

Mais inutile d'y penser. Pour le moment, ce qui comptait, c'était de revenir sur le continent. Tout en tentant de maîtriser la panique qui l'envahissait, elle crispa les doigts sur sa valise que le vent tentait de lui arracher.

La pluie tournait à la grêle et, pire, les vagues commençaient à submerger la chaussée !

Son voyage tournait au désastre. En résumé, elle avait

fait cinq heures de train pour se faire insulter et tremper jusqu'aux os. Et pour couronner le tout, elle ne s'était pas réveillée à temps.

Tout ça par la faute d'Arlo. S'il ne l'avait pas tellement contrariée la veille, elle ne se serait pas rendormie malgré la sonnerie du réveil, elle ne serait pas tombée sur Constance, et Constance n'aurait pas insisté pour qu'Arlo la raccompagne à la gare…

Naturellement, elle n'avait aucune envie de se faire de nouveau insulter, alors, elle avait prétendu qu'Arlo l'attendait déjà dehors, et elle était sortie.

Au début, tout semblait aller si…

Sa valise sur roulettes lui glissa de la main. Elle réussit à la rattraper, mais une roue sortit de son alvéole, s'échappa sur la route et disparut dans une trombe d'eau.

Maintenant, il allait falloir qu'elle la porte.

Au moment où elle la soulevait, le ciel s'obscurcit davantage encore, et la panique l'envahit de nouveau.

Une énorme vague la déstabilisa, avant de retomber sur elle. Elle glissa et se retrouva au sol, engloutie par une masse d'eau…

Une main surgit soudain, lui agrippa l'épaule et la remit sur ses pieds. Crachant et haletant, elle se tourna vers son sauveteur.

Arlo.

L'eau bouillonnait à leurs pieds. Il la souleva dans ses bras comme une plume. Elle s'agrippa à sa nuque. Arqué contre le vent, son corps semblait le seul point solide dans le tourbillon du monde.

Les yeux brûlants de sel, respirant avec peine, elle enfouit le visage dans la poitrine de son sauveur.

Elle n'était plus seule. Quoi qu'il arrive, Arlo réussirait à atteindre son but.

Une forme sombre émergea de la pluie. Devinant une voiture, elle poussa un soupir de soulagement. Arlo ouvrit la portière du passager et la poussa à l'intérieur. Il eut du mal à refermer la porte avec le vent qui s'engouffrait dans l'habitacle. Enfin, il tourna la clé.

— Accrochez-vous. Ça risque d'être délicat.

La voiture commença à progresser sur la route, secouée par les rafales de vent qui se succédaient sans relâche.

Elle s'agrippa à l'accoudoir. Quelques interminables minutes plus tard, ils s'immobilisaient devant Hadfield Hall, et Arlo bondit hors de la voiture pour lui ouvrir la portière.

— Donnez-moi la main, hurla-t-il pour couvrir le bruit du vent.

Ils se précipitèrent dans la maison dont la lourde porte claqua juste derrière eux.

Le mugissement de la tempête s'éteignit soudain.

— Dieu merci, vous en avez réchappé, déclara Constance qui était accourue. Suivez-moi, il y a du feu dans le salon. Je vais chercher des serviettes.

Frankie, tremblant de tous ses membres, laissa la gouvernante la guider à travers la maison.

— Asseyez-vous là, je vais vous faire du thé.

Elle obéit et se laissa tomber sur le vaste canapé au velours un peu fané. Immédiatement, un chien la rejoignit et sauta à côté d'elle. Elle posa la main sur son dos et y trouva un certain réconfort : il était tiède et solide.

Ravalant ses larmes, elle respira à fond.

Dehors, sous la tempête qui faisait rage, elle avait perdu toute faculté de réfléchir, sans rien pouvoir faire d'autre que s'accrocher à Arlo, mais à présent que son corps commençait à se réchauffer, son cerveau se remettait à fonctionner.

Les doigts enfoncés dans la fourrure du chien, elle revécut la scène qui s'était déroulée sur la route, éprouvant non plus du soulagement, mais une intense culpabilité.

Comment avait-elle pu se comporter de façon aussi stupide ? Après tout ce qu'il lui était déjà arrivé ? Après les promesses qu'elle s'était faites, à elle et à sa famille ?

— Il faut aller vous changer.

Elle tressaillit au son de cette voix chaude et virile.

Arlo venait d'entrer dans la pièce, portant une pile de serviettes surmontée d'un sweat-shirt de rugby rayé bleu et vert et d'un pantalon de jogging.

— Tenez. Ce sont des vêtements de Johnny. Votre valise est trempée.

Elle le considéra à la lueur des flammes qui accentuait ses traits anguleux.

Lui aussi était à tordre, la chemise collée au corps, l'eau ruisselant en petites flaques à ses pieds, et au souvenir de la façon dont il l'avait soulevée dans ses bras tel un chevalier sans armure, son cœur se mit à battre la chamade.

— Ils sont sûrement trop grands, poursuivit-il, mais au moins, vous serez au sec. Je vous laisse vous rhabiller.

Il jeta un coup d'œil contrarié au chien et faillit ajouter quelque chose avant de se raviser et de quitter la pièce.

Elle se leva, le corps toujours tremblant, les doigts gourds de froid. Non sans mal, elle se débarrassa de son jean et de son sweat trempés et enfila les vêtements de Johnny. Tandis qu'elle se séchait les cheveux avec une serviette, on frappa à la porte. C'était Constance tenant un plateau.

— Ah ! Ça va mieux. Je vous ai apporté du thé et des biscuits, dit-elle en se penchant pour récupérer les vêtements mouillés. Je vais les mettre dans la machine.

— Mais non, ne vous dérangez pas…

— Si, si !

Arlo fit irruption dans la pièce, vêtu d'un vieux chino et d'un pull sombre qui moulait son torse puissant. Soudain, Frankie se souvint de la sensation qu'elle avait éprouvée alors qu'il l'avait transportée entre ses bras.

— Si on ne les lave pas immédiatement, le sel risque de les abîmer, expliqua-t-il. Constance, pourriez-vous nous laisser un instant ? J'ai à parler à Mlle Fox.

Dès que la gouvernante eut refermé la porte, Frankie se tourna vers lui.

— Je voulais vraiment…, commença-t-elle.

— Cessez ce petit jeu ! s'écria-t-il en la fusillant du regard.

Elle le contempla, la bouche sèche.

La nuit précédente, il avait eu l'air très contrarié, mais en ce moment, il était carrément hors de ses gonds.

— Je ne joue à aucun jeu…

Mais il ne l'entendit même pas.

— Qu'est-ce qu'il vous est passé par la tête ? Vous n'avez pas vu ce qu'il nous arrive ? hurla-t-il en faisant un geste en direction de la pluie qui frappait la fenêtre à l'horizontale. C'est une vraie tempête qui porte un nom. Toutes n'en ont pas, et quand c'est le cas, ça veut dire que le vent dépasse les cent kilomètres à l'heure. Et deux fois par jour, il y a marée haute, l'eau monte !

— Je sais ce que c'est que la marée haute, lança-t-elle d'une voix plus aiguë, conséquence de la colère qui montait en elle. Je n'ai plus trois ans.

— À vous voir vous précipiter dehors sur cette route, on aurait pourtant pu le croire, répliqua-t-il en la fixant froidement, le visage pâle de colère, ce qui faisait ressortir la cicatrice qui lui barrait la joue sous sa barbe. Vous vous croyez sans doute capable d'*influencer* la météo, de faire briller le soleil et de calmer le vent ?

Le ventre noué, elle lutta contre l'humiliation et la fureur mêlées qui la submergeaient.

— C'est vous qui m'avez ordonné de quitter cette maison.

— Moi ? s'écria Arlo en roulant des yeux. J'aurais dû me douter que ce serait de ma faute !

— Je n'ai pas dit ça

— Vous l'avez pensé. Parce que rien n'est jamais de votre faute à vous, pas vrai, ma jolie ?

Elle sentit son cœur se serrer au souvenir d'un autre jour de pluie.

Légalement, rien n'avait été de sa faute, mais le verdict du coroner n'y changeait rien. Elle, elle savait. Si elle ne s'était pas montrée aussi capricieuse, si elle n'avait pas autant insisté, sa famille serait encore en vie…

Elle sentit les larmes lui monter aux yeux et tenta de les ravaler. Pas question de se mettre à pleurer devant lui.

— Monsieur Milburn, je vous assure que…

— « Monsieur Milburn » ! Je vous trouve bien cérémonieuse pour quelqu'un qui avait choisi de se mettre au chaud dans mon lit !

Quel monstre !

Entre eux, l'air semblait crépiter, comme le ciel sombre zébré d'éclairs. Sentant ses joues la brûler, elle croisa les bras.

— Si vous êtes un ours qui chasse ses invités dans la tempête, ce n'est pas ma faute, monsieur Milburn.

— Un ours ? répéta-t-il dans un rugissement.

Les traits tordus par la rage, il se précipita sur elle.

Elle bondit sur ses pieds, la main devant le visage.

— Arrêtez !

Il s'arrêta devant elle, et elle se sentit de nouveau paralysée, à la fois par sa stature et par son expression menaçante.

— Un ours ? Alors que je viens de vous sauver la vie ? Vous oubliez déjà que vous avez failli vous noyer ?

Bien sûr que non. De nouveau, elle revécut le moment où ses bras puissants l'avaient arrachée à la tempête et le contact de sa joue contre sa poitrine, et une bouffée de chaleur l'envahit.

Il était si grand, si solide, aussi implacable que la tempête. Aussi inflexible et inébranlable. Et, si absurde que cela puisse paraître, elle avait adoré s'abandonner entre ses bras, la tête blottie sous son menton…

Mais au départ, c'était bien parce qu'il s'était montré aussi inflexible qu'elle s'était retrouvée sur cette route.

— Si vous n'aviez pas été si cruel envers moi, vous n'auriez pas été dans l'obligation de me sauver.

Il se passa la main sur le visage comme pour éviter de la voir, et elle remarqua que trois des doigts de sa main gauche semblaient plus petits, et très plats du bout.

Quel genre d'homme était-il vraiment ? se demanda-t-elle en frissonnant.

— Vous savez, commença-t-il d'une voix dure en la fixant droit dans les yeux, je vous ai d'abord prise pour une écervelée qui tentait de mettre le grappin sur mon frère. Mais en fait, vous n'êtes qu'une gamine capricieuse et irresponsable qui pique une crise quand les choses ne vont pas comme elle le désire.

— Je... Je ne suis pas une gamine capricieuse. J'ai commis une erreur...

— Une erreur qui aurait pu coûter des vies, coupa-t-il d'une voix froide et mordante. La mienne, en particulier.

Elle sentit son cœur lui monter aux lèvres.

Il avait raison. Une part d'elle-même admettait cette vérité, et cela faisait plus mal qu'elle ne l'aurait imaginé. Durant des mois, elle avait tenu le coup, mais là, devant cet étranger, elle avait l'impression de perdre le contrôle.

— Excusez-moi, balbutia-t-elle. Vous avez raison, je n'ai pensé qu'à moi. J'avais seulement envie de rentrer chez moi. Sauf que je ne peux pas...

Non, jamais plus elle ne pourrait rentrer chez elle. C'était fini, définitivement.

Sous le regard inflexible d'Arlo, elle fit un pas en arrière.

Comment avait-elle pu imaginer lui avouer la vérité ? Surtout à lui qui pensait de toute évidence qu'elle ne méritait même pas d'être sauvée. Et le pire, c'était qu'il avait raison.

Elle fondit en larmes.

— Je regrette, balbutia-t-elle en sanglotant. Je regrette tellement...

En voyant Frankie traverser la pièce d'un pas chancelant, Arlo retint un soupir, le cœur serré.

Il n'aurait pas dû être aussi dur avec elle. Faire pleurer une femme, ce n'était pas dans ses habitudes. Même avec Harriet, il s'était toujours montré poli, courtois même. Ce n'est qu'après leur rupture définitive qu'il avait ressenti de la colère. Mais cette colère n'était rien en comparaison de la rage qui l'avait submergé quand il était revenu à Hadfield Hall avec Frankie.

Comment avait-elle pu commettre un acte aussi stupide ?

Pire que tout, il avait la certitude que c'était lui qui l'avait poussée à le commettre. Et il avait voulu lui faire peur autant qu'elle lui avait fait peur, pour qu'elle réfléchisse à deux fois avant de se montrer aussi imprudente.

Les quelques minutes qu'il avait mises à la rattraper en voiture après l'avoir vue par la fenêtre de la cuisine traînant cette valise rouge le long de la chaussée lui avaient semblé les plus longues de sa vie. Encore maintenant, il lui suffisait de l'imaginer submergée par les vagues pour sentir le cœur lui manquer.

— Frankie…

Elle était devant la porte, tentant de manœuvrer de ses doigts tremblants la lourde poignée de cuivre.

Comme une flèche, il traversa la pièce, la prit dans ses bras et la serra contre lui.

Elle se laissa aller contre sa poitrine sans opposer de résistance, comme si elle était à peine consciente de ce qu'il faisait. Sans doute la conséquence des chocs successifs qu'elle avait éprouvés au cours des dernières heures.

— Tout va bien… tout va bien…, souffla-t-il.

Il la transporta jusqu'au canapé où il l'installa avant de s'asseoir, un bras passé autour de ses épaules, sans qu'elle cesse de hoqueter. Puis, peu à peu, son corps se détendit, et elle respira plus calmement.

— Tenez, dit-il en lui tendant un mouchoir. Il est propre.

— Merci.

— Gardez-le, murmura-t-il comme elle faisait mine de le lui rendre.

— Je regrette tellement de vous avoir mis en danger…, reconnut-elle en triturant le mouchoir.

En découvrant son visage marbré de taches rouges, il sentit la culpabilité le submerger. Jamais il n'aurait dû s'en prendre à elle alors qu'elle était en pareil état.

— C'est à moi de m'excuser, protesta-t-il. Si je ne m'étais pas montré aussi odieux envers vous hier soir, jamais vous n'auriez pris ce risque. J'étais épuisé, et en colère contre Johnny. Alors je m'en suis pris à vous.

— Il a pourtant essayé de vous joindre pour vous annoncer mon arrivée.

Évidemment… Johnny avait toujours les meilleures intentions. D'habitude Arlo passait tout à son frère, mais cette fois, cela le hérissait que Frankie cherche à le défendre.

Elle releva la tête, et le bleu de ses iris contrastait si intensément avec ses cils sombres qu'il faillit en perdre le fil de ses pensées.

— Il a sûrement dû le faire, répondit-il en haussant les épaules. Écoutez, dès que la tempête se sera calmée, je vous ramènerai à la gare.

— Je regrette de vous occasionner tout ce tracas. Je suis très fatiguée. J'ai eu beaucoup de travail.

Il savait ce que c'était. Parfois, sur la glace, la fatigue lui plombait les os. Mais dans la voix de Frankie, il décelait autre chose que de la fatigue… Une note de désespoir ?

Il serra les dents.

Ça aussi, il connaissait, mais Frankie était trop jeune pour l'éprouver. Il lui faudrait quelqu'un pour veiller sur elle.

Pas lui, bien sûr. Pas après Harriet.

De nouveau, elle respira un grand coup.

— Je tiens à vous dire que ce que vous avez fait était vraiment courageux. Un véritable exploit. Je vous remercie.

Elle eut un instant d'hésitation, puis elle l'embrassa sur

la joue. Mais le mouvement qu'elle fit la déséquilibra, et elle glissa sur le côté. Instinctivement, il la prit par le bras pour l'empêcher de tomber. Leurs regards se rencontrèrent, et il eut soudain l'impression de manquer d'air. Quelques secondes s'écoulèrent, puis elle l'embrassa sur les lèvres.

Une voix intérieure se mit à gronder en lui : il devait arrêter ça. C'était une erreur. Il connaissait à peine cette fille, et ce qu'il connaissait d'elle ne lui plaisait pas.

Mais elle s'agrippa à sa chemise pour l'attirer à elle.

Plus désemparé que dans la tempête, il ne pouvait penser qu'à elle, aux tendres courbes de son corps, à sa bouche posée sur la sienne. Dévoré par le désir de la toucher, il plongea les doigts dans sa chevelure. Il la sentit s'abandonner dans ses bras, et cette faim dévorante grandit encore quand il sentit ses seins ronds se plaquer contre lui.

De la langue, il traça le contour de ses lèvres avant de l'attirer contre son ventre.

Elle gémit au contact de son érection, et leur baiser se fit plus profond encore. La bouche de Frankie semblait de la soie liquide…

Soudain, on frappa à la porte.

Repoussant la jeune femme, il se dressa sur ses pieds.

À quel jeu étaient-ils en train de jouer ? Il y avait quelque chose entre cette fille et son frère, alors, pas question de s'engager sur cette voie-là. Et surtout, sa relation avec Harriet lui avait servi de leçon : elle avait duré trois mois – de leur premier baiser à son départ définitif –, et il s'était comporté comme un imbécile.

Frankie le fixait, écarlate, les lèvres gonflées par ses baisers.

Il détourna la tête.

— Oui ? Que se passe-t-il ? s'enquit-il.

— Douglas vient d'appeler, expliqua Constance à travers la porte. La zone a été déclarée en vigilance orange. J'ai pensé que vous aimeriez le savoir.

Donc, les routes étaient coupées en raison du risque

pour les personnes et les biens, tout comme l'électricité. En d'autres mots, le chaos.

Jurant à voix basse, il se passa la main dans les cheveux tandis que son esprit embrumé découvrait toute la portée de cette nouvelle.

Frankie n'allait pas pouvoir quitter l'île.

— La tempête semble s'aggraver encore, déclara-t-il. Malheureusement pour nous deux, vous allez devoir rester encore un certain temps ici.

Très pâle, elle leva les yeux vers lui.

— Vous avez vraiment tout du prince charmant ! lança-t-elle en soutenant son regard.

— Et vous, chérie, vous vous trompez de conte de fées.

— Inutile de me le dire, j'en suis pleinement consciente.

— Mademoiselle Fox, je vais vous expliquer ce qu'il va se passer. Je ne veux plus vous voir, ni vous parler, ni vous entendre. Et encore moins vous embrasser !

— Moi non plus, répondit-elle avec un sourire impérial.

— Parfait, déclara-t-il en traversant la pièce pour aller ouvrir la porte. Je vous demande donc de vous tenir à l'écart et de rester dans votre chambre. Sinon, je me verrai contraint de vous y enfermer jusqu'à la fin des intempéries.

3.

Tremblante d'humiliation, Frankie claqua la porte de la chambre.

Comment avait-il pu oser la renvoyer dans sa chambre comme une gamine ? Et comme si elle avait envie de l'embrasser ? Lui !

Elle serra les poings.

Pour être honnête, c'était elle qui l'avait embrassé, même si elle n'avait pas prévu de le faire. Mais lui aussi, il était à blâmer. Tant de douceur après une violente colère. Elle avait été prise de court.

Elle revécut le moment où elle avait perdu l'équilibre et où il l'avait attirée contre lui. Elle en gardait un souvenir si précis qu'elle avait l'impression de sentir encore le contact de sa main sur son bras. Elle revoyait la flamme dans ses yeux, revivait la force et l'urgence de son propre désir…

Au souvenir des gémissements qu'elle avait poussés quand les mains d'Arlo lui parcouraient le corps, elle sentit ses joues redevenir brûlantes.

Cela n'avait pas duré plus que deux ou trois minutes. Et ce n'était qu'un baiser…

Oui, mais durant ce baiser, son cœur avait cessé de battre. Jamais personne ne l'avait embrassée comme Arlo Milburn. Elle n'avait rien compris, rien contrôlé. Trop intense. Elle l'avait désiré comme jamais elle n'avait désiré un homme. Et durant ces deux ou trois minutes, il l'avait désirée tout autant, elle en était certaine.

Quand Constance avait frappé, il s'était écarté d'elle comme s'il émergeait d'un rêve. Ou plutôt d'un cauchemar.

Oui, sinon pourquoi l'aurait-il repoussée ? Il avait bondi du canapé pour mettre plus de distance entre elle et lui !

Peut-être croyait-il qu'elle sortait avec son frère ?

Le rouge aux joues, elle prit conscience qu'elle n'avait plus du tout pensé à Johnny. Quand les lèvres d'Arlo avaient touché les siennes, elle avait *tout* oublié. Comme après un lavage de cerveau.

Arlo croyait-il qu'elle était avec Johnny ? Qu'il n'était qu'un pis-aller, une doublure ? Avec Johnny, il ne s'était rien passé ou presque. Il l'avait juste serrée dans ses bras. Avec Arlo non plus, d'ailleurs.

Ce baiser n'avait aucun sens, sinon peut-être qu'ils venaient tous deux d'échapper à la mort. Après avoir éprouvé une aussi forte émotion dans une situation particulièrement complexe, rien d'étonnant à ce qu'ils se soient embrassés.

À l'avenir, elle serait capable d'en rire, mais pour le moment, il lui fallait absolument trouver un moyen de survivre aux prochaines vingt-quatre heures.

Pour calmer sa nervosité, elle se dirigea vers la fenêtre toujours battue par la pluie.

Le ciel et la mer déchaînée étaient du même gris sombre et métallique. Comme l'avait prévu la météo, la tempête ne semblait pas s'apaiser, et elle était donc contrainte de rester là. Mais pas question de demeurer enfermée dans cette chambre jusqu'à ce que le vent se décide à tomber. Arlo était sans doute très malin, mais il ne pouvait se trouver que dans un seul lieu à la fois, et comme la maison comportait une aile est et une aile ouest, elle ne risquait guère de le croiser. Alors, pourquoi ne pas tenter une petite exploration ?

Évidemment, elle savait que la maison était immense, mais à ce point... D'innombrables pièces, toutes plus grandes les unes que les autres. Tout y était parfait, songea-t-elle en contemplant une magnifique bibliothèque. Et si typiquement anglais ! Une profusion de motifs – chintz, écossais, rayures diverses – et sur les murs, ces grands portraits imposants.

En sortant de la bibliothèque, elle emprunta un couloir qui la mena jusqu'à une porte entrebâillée. Un téléphone se mit à sonner, pas un portable, un vieux fixe, reconnaissable à sa sonnerie caractéristique.

Elle hésita, l'oreille aux aguets.

Quelqu'un allait sûrement répondre… Mais le téléphone continuait de sonner.

Sur une impulsion, elle se glissa dans la pièce.

À en juger par les deux immenses secrétaires identiques qui se faisaient face, il s'agissait d'un bureau. Les deux tables étaient couvertes de livres et de papiers au point qu'elle mit un moment à localiser l'appareil près d'une boule de verre contenant un ours polaire.

Le cœur battant, elle décrocha.

— Allô !

Mais on venait de raccrocher.

Aussi peu rassurée que si elle inspectait l'antre d'un grizzli endormi, elle jeta un coup d'œil à la ronde.

Oui, c'était bien un bureau, et il n'était pas difficile de deviner qui l'occupait. Sur un plateau, des enveloppes adressées au Dr Arlo Milburn confirmèrent son intuition. Elle avait oublié qu'il était docteur en géographie. Ou plutôt en géologie ? Comme toute la maison, la pièce semblait à la fois démesurément grande et agréablement confortable. Et, ce qui la surprit davantage, très en désordre.

Des livres partout, certains entassés n'importe comment sur des étagères, d'autres empilés par terre ou adossés à des meubles comme des congères au bord d'une route. Et ces bureaux recouverts de papiers…

Elle s'était imaginé Arlo comme quelqu'un de méticuleux pour qui un empilement de papiers dénotait l'incapacité de maîtriser une situation. Elle se souvint des ordres qu'il lui avait donnés. Il avait l'air si habitué à commander qu'il était difficile d'imaginer qu'il puisse se laisser à ce point déborder.

Au milieu de ce monceau de feuillets, elle aperçut un carnet de croquis ouvert où elle crut reconnaître la silhouette d'un oiseau, peut-être une mouette. Curieuse, elle contourna le bureau et s'assit dans le fauteuil tournant de cuir patiné.

C'était une ébauche – quelques traits d'encre – datée et annotée : *Pagodroma Nivea. Juvenile.* Suivait sans doute un nom de lieu. En tournant les pages, elle découvrit d'autres dessins qu'elle examina. Ils étaient tous très bons, croqués par Arlo sur le motif, bien qu'elle ait du mal à l'imaginer consacrant du temps et de l'attention à dessiner. Il avait l'air bien trop nerveux et agité. Sa seule présence aurait fait s'envoler n'importe quel oiseau…

Mais c'est superbe !

Un jeune phoque si plein de vie qu'elle sentait presque la douceur de sa fourrure sous ses doigts. Au-dessous, elle aperçut quelques notes. L'écriture, très resserrée, avait quelque chose de familier et de réconfortant.

Elle ramena ses pieds sous ses cuisses et se mit à lire.

Elle avait l'habitude de trier ses déchets et de n'utiliser un taxi que si elle ne pouvait pas faire le trajet à pied, mais pour tout dire, la protection de l'environnement lui paraissait un sujet mystérieux et intimidant, comme l'économie. Toutefois, en déchiffrant les notes d'Arlo, elle se sentit soudain concernée. Son style était simple mais convaincant. La passion transparaissait dans ses propos malgré l'emploi de termes scientifiques, et elle crut presque voir apparaître sous ses yeux la banquise avec son exquise dentelle de glace et de cristaux. Il lui sembla voir aussi Arlo, ses yeux gris plissés pour affronter le vent polaire, sa bouche…

Comment, sa bouche ?

Repensant à ce qu'il s'était passé dans le salon, elle repoussa le carnet et saisit la boule de verre enneigée qu'elle agita, le cœur battant très fort, comme si on l'avait prise en faute.

À Londres, elle s'était dit qu'elle travaillait trop et que cela lui ferait du bien de venir là pour se détendre et réfléchir à son avenir. Au lieu de quoi, elle avait failli se noyer, puis elle avait embrassé Arlo Milburn, et maintenant, elle se sentait complètement dépassée...

Son cœur se serra.

Elle était idiote d'y attacher tant d'importance. Elle avait simplement besoin de s'occuper.

Ses yeux retombèrent sur le carnet, et elle se souvint que, la veille, il avait évoqué le fait qu'il préparait ses conférences.

Pourquoi ne travaillerait-elle pas pour lui ?

Tout son corps tressaillit, révolté par cette possibilité.

Impossible ! Quelle personne sensée accepterait de travailler pour Arlo Milburn, un être aussi grossier, arrogant, autoritaire ? Autant travailler pour un dictateur !

Et si c'était seulement pour une journée ? Pas véritablement un job, mais un service qu'elle lui rendrait. Ça lui permettrait de se concentrer sur autre chose que sur sa bouche. Et lui, il serait bien forcé de la prendre au sérieux et ne la traiterait plus comme une pauvre gamine ou une vague relation qui débarque pour dîner sans avoir été invitée.

Et puis, il lui avait vraiment sauvé la vie...

Lentement, elle fit faire un tour complet au fauteuil avant de revenir à sa position initiale.

— Vous vous amusez bien ?

Arlo se tenait dans l'embrasure de la porte, accompagné de Nero, et la contemplait d'un air plein de mépris, les cheveux ébouriffés, comme s'il n'avait pas cessé d'y passer la main.

— Je voulais juste...

— Juste quoi ? Vous n'avez rien à faire ici ! martela-t-il.

— Le téléphone a sonné, répondit-elle en esquissant un sourire, et je suis entrée pour décrocher...

— Qui était-ce ?

— Je ne sais pas. On a raccroché aussitôt.

— Évidemment !

— Qu'est-ce que ça veut dire ?

— Ça veut dire que je ne vous crois pas : le téléphone n'a pas sonné, mais vous avez eu envie de fourrer votre nez dans mes affaires. Je peux vous aider ? Vous regardiez quelque chose en particulier ? s'enquit-il sur le ton le plus sarcastique. Un objet de valeur, peut-être ?

Coup bas.

Les doigts de Frankie se crispèrent sur la boule de neige.

— Cela vous tuerait de vous montrer poli, exceptionnellement ?

— Et vous, cela vous tuerait de faire exceptionnellement ce qu'on vous demande ?

— Vous osez me donner des ordres ! Vous vous prenez pour qui ?

— Pour qui je me prends ? Pour votre pire cauchemar, mademoiselle Fox : un homme qui n'est pas prêt à céder à vos charmes ! Je vous suggère donc de cesser de battre des cils, de regagner votre chambre et d'y rester. Définitivement. Le prochain coup, je risquerais de me montrer moins compréhensif.

Elle bondit si brusquement que son fauteuil se renversa et fit tomber une pile de papiers entassés sur une étagère.

— Compréhensif ! Vous ignorez sans doute le sens de ce mot ! s'écria-t-elle, folle de colère et de frustration. Quand je pense que je me proposais de vous aider !

Il la fixa comme si une paire de cornes venait de lui pousser sur la tête.

— *Vous* ! M'aider ?

— Oui, en mettant au propre vos conférences.

Comment pareille idée avait-elle pu germer dans son esprit ?

— Pour vous donner l'occasion de répéter votre petite manœuvre de tout à l'heure ? Non, merci.

— Je n'ai aucune manœuvre en tête ! hurla-t-elle en se redressant de toute sa hauteur.

— Vous m'avez embrassé. Moi, un parfait étranger. Est-ce votre manière habituelle de faire connaissance avec un homme ?

Non, pas du tout, songea-t-elle, tremblante de rage. D'ailleurs, jusque-là, elle avait embrassé peu d'hommes – et aucun avec l'ardeur qu'elle avait mise à l'embrasser, lui.

— Désolée de vous décevoir, monsieur Milburn, mais vous êtes assez loin de l'idée que je me fais d'un homme séduisant.

— C'est absolument réciproque. Il est d'ailleurs évident que vous manquez totalement de la rigueur et de la diligence que j'attendrais d'une personne qui travaille pour moi. De toute façon, vous ne connaissez rien au sujet dont je traite. Vous n'êtes pas une spécialiste de la glace, que je sache ? s'enquit-il, d'un air si narquois qu'elle faillit lui jeter la boule de neige à la tête. En dehors, veux-je dire, des glaçons que vous pilez pour confectionner des margaritas lors de vos soirées entre filles.

C'étaient les propres termes qu'elle avait employés dans un blog qu'elle avait posté l'été dernier. À l'idée qu'il avait pu le consulter, sa colère s'évanouit brusquement, et son cœur se mit à battre plus vite. Soudain, elle se sentit stupide et superficielle, ce qu'elle était réellement. Dans la chaleur de leur altercation, elle l'avait un instant oublié.

En voyant Frankie se raidir, Arlo jura à voix basse.

Quand il l'avait découverte blottie dans le fauteuil de son bureau, il avait été hors de lui. Elle se mordillait la lèvre, comme elle avait coutume de le faire lorsqu'elle réfléchissait, ce qui l'avait mis dans tous ses états. Découvrir qu'il était si faible, qu'il désirait tant ce qui ne pouvait lui attirer que des ennuis avait encore ravivé sa colère et sa frustration. Et cette colère, il l'avait retournée contre celle qui lui en avait fait prendre conscience. Peut-être s'était-il montré un peu brutal, mais il n'allait pas accepter sa proposition. C'était une idée totalement absurde.

Mais l'était-elle tant que ça ?

Son regard revint vers Frankie.

Au fond, compte tenu des circonstances et du fait qu'elle allait rester là jusqu'à la fin de la tempête, ce n'était peut-être pas une si mauvaise idée. D'abord ça lui éviterait de faire des bêtises, et puis cela normaliserait leur relation.

— Qu'entendiez-vous exactement par « m'aider » ?

Elle le fixa en silence avant de répondre.

— Si c'est votre manière à vous de vous excuser, vous devriez y travailler encore.

S'excuser ! Mais de quoi ? Après tout, c'était elle qui avait pénétré dans son bureau sans y avoir été autorisée !

Mais c'était inutile d'ajouter encore à la tempête qui faisait rage à l'extérieur.

— Excusez-moi de vous avoir parlé comme je l'ai fait, articula-t-il d'un ton rogue.

— Excusez-moi d'être entrée dans votre bureau. Mais votre téléphone a sonné longtemps, vous ne répondiez pas, et ç'aurait très bien pu être un appel urgent.

Ces excuses le surprirent plus encore que sa proposition de l'aider. L'aurait-il mal jugée ?

Cette idée le gênait parce qu'elle était par nature une profiteuse, il en était convaincu. Et surtout, il s'était tellement illusionné au sujet d'Harriet que cette expérience lui avait servi de leçon.

— Si votre proposition tient toujours, je vous prends au mot, dit-il avant d'ajouter – parce qu'elle gardait le silence – c'est une faveur que vous me feriez.

— Que je vous *aurais* faite.

— Vous pouvez encore me la faire.

— Pour que vous vous moquiez de moi de nouveau ?

— Je ne me moquerai pas de vous.

— Je ne vous serais d'aucune utilité. Comme vous l'avez dit, je ne m'intéresse qu'à la glace à rafraîchir. Je ne connais rien à la migration verticale ni à l'hydrofracture.

« Migration verticale », « hydrofracture ». Où avait-elle entendu parler de ça ? À moins que…

— Vous avez lu mon carnet de notes.

Elle le toisa, menton dressé.

— Et alors ? Si c'est ce qui vous chagrine, je ne vais pas le partager avec mes followers.

— Vous avez donc réussi à déchiffrer ce que j'avais écrit.

— Mon père était médecin, rétorqua-t-elle en haussant les épaules. Tout le monde trouvait son écriture illisible, mais moi, j'avais grandi avec… Et puis, en ce moment, je ne travaille pas.

Que voulait-elle dire ? Il avait l'impression qu'elle lui cachait quelque chose. Comme elle s'était remise à se mordiller la lèvre, il fut pris d'une soudaine envie de poser la bouche sur la sienne pour l'en empêcher.

Il *fallait* qu'elle accepte.

— Écoutez, Frankie, entre nous, ça a mal démarré, je le reconnais, mais cette tempête va durer au moins deux jours où nous allons devoir rester…

— Face à face ? Pas si je m'isole dans ma chambre comme vous m'avez ordonné de le faire.

— Jamais je n'aurais dû vous le demander, mais j'ai…

Il avait eu peur. Peur de ce qu'il pourrait se passer s'ils ne gardaient pas leurs distances. Peur d'être débordé par le désir qui l'avait submergé comme une des vagues qui grondaient à l'extérieur.

— Je me suis comporté comme un ours.

Il y eut un silence.

— S'agit-il seulement de recopier vos textes ? s'enquit Frankie.

— Vous avez déjà fait ce genre de travail ?

Elle détourna les yeux comme si cette question la mettait mal à l'aise.

— Mon grand frère et ma grande sœur me payaient pour taper leurs dissertations.

— Très bien. Il y a des recoupements à revoir entre les notes que j'ai publiées sur le web et celles que j'ai rédigées à la main, mais je vous expliquerai. Cela m'aiderait aussi que vous répondiez au téléphone et preniez des messages quand je suis déjà en ligne.

— D'accord. Mais, soyons clairs, je travaillerai *avec* vous, pas *pour* vous. Je ne supporterai pas vos aboiements.

— Il n'y aura pas d'aboiements de ma part. Concernant Nero, je ne peux pas m'engager.

Il la vit ravaler un sourire qui lui adoucit les traits, et il sentit soudain sa gorge se serrer.

— Parfait. C'est réglé. Asseyez-vous, dit-il en désignant l'autre bureau. On va commencer tout de suite.

La matinée avait passé à une vitesse hallucinante. À peine Frankie s'était-elle assise à son bureau qu'Arlo s'était levé et avait annoncé qu'il était l'heure de déjeuner.

En s'asseyant dans la superbe salle à manger aux murs crème ornée de tableaux et d'une magnifique cheminée en bois sculpté, elle se sentit tout d'abord un peu désemparée : chez elle, elle déjeunait d'un sandwich devant son écran – si elle avait le temps de s'en préparer un, car elle se contentait très souvent d'un bol de céréales. Mais aujourd'hui, il y avait trois plats au menu, servis dans de la porcelaine et de l'argenterie.

— Tout va bien ? s'enquit Arlo, qui la fixait d'un air impénétrable.

— C'est parfait, répondit-elle en contemplant la tartelette à la tomate et au saumon fumé relevés de marjolaine qui constituait l'entrée. Mais je m'attendais à un repas plus simple.

— Un os de renne, par exemple ?

— Oui, quelque chose dans ce genre.

— Ces derniers mois, je me suis nourri de pâté avec une cuillère fourchette. Alors, quand je rentre chez moi, j'aime manger de la vraie nourriture. C'est un de mes principes.

Un de ses principes. Quels étaient les autres ?

Elle avala une gorgée d'eau.

Contrairement à ce qu'elle avait cru, à en croire le nombre d'appels auxquels elle n'avait cessé de répondre, tout le monde rêvait de travailler avec Arlo Milburn. L'Institut Smithsonian, la Société Royale de Géographie et l'Université de Stanford avaient demandé à le joindre, et elle comprenait maintenant pourquoi. Cet homme savait de quoi il parlait, et contrairement à la plupart des scientifiques, il était à la fois concis et éloquent. Elle aimait la puissance de sa voix, la manière à la fois précise et mesurée dont il choisissait ses mots. Et il parlait couramment russe.

Évidemment, elle-même ne parlant pas russe, elle n'avait pas pu identifier le sujet de la conversation, mais elle avait apprécié les sonorités de cette langue, comme de la poésie. D'ailleurs, Arlo avait quelque chose d'un poète. Enfin, d'un mélange de poète et de pirate avec son air menaçant, ses cheveux en bataille et sa bouche compliquée.

Sauf que, quand il l'avait embrassée, elle ne lui avait pas semblé si compliquée…

Comme s'il devinait ses pensées, il la fixa de ses yeux gris.

— Je peux le comprendre, s'empressa-t-elle de dire en reposant son verre.

— Arrêtez donc de gigoter et mangez un peu. Je ne veux pas que vous tombiez dans les pommes sous mes yeux.

— Je ne me suis jamais évanouie de ma vie !

Il continuait à la fixer imperturbablement. Une mèche de cheveux noirs lui tombait sur le front, soulignant la cicatrice qui lui barrait la joue.

— Il y a un début à tout, et ce matin, ça a bien failli vous arriver. Maintenant, mangez.

Elle leva les yeux au ciel, exaspérée.

— Vous vous montrez toujours aussi autoritaire ?

— Oui, je le reconnais, avoua-t-il après une hésitation.

— Je suppose que, à l'école, vous étiez représentant des élèves ?

— Pas du tout.

— Ah bon ? Alors nous avons au moins un point commun.

Soudain, elle eut l'impression que la pièce avait rétréci. Ou du moins la table. Et qu'ils étaient assis tout près l'un de l'autre. Trop près.

Il y eut un silence, puis il esquissa un sourire.

— Mangez.

Les doigts de Frankie se crispèrent sur ses couverts.

Le sourire d'Arlo, contrairement à celui de Johnny, était un vrai miracle qui tempérait la dureté de ses traits et les rendait moins intimidants. Il donnait envie de caresser du bout des doigts la courbe de sa bouche pleine de promesses…

Comme s'il sentait son regard sur lui, il leva les yeux, et de peur qu'il ne remarque la rougeur de ses joues, elle baissa la tête sur son assiette.

Durant un moment, ils mangèrent en silence.

— C'est bon ? s'enquit-il en levant un sourcil.

Elle acquiesça. La tarte feuilletée fondait littéralement sur la langue.

Tout ce qui suivit fut un vrai délice : les papardelles accompagnées de daube de bœuf, le sorbet au citron d'Amalfi, le café. Ensuite, Arlo la considéra avec attention, visiblement rassuré.

— Vous êtes moins pâle que tout à l'heure. Vos joues sont toutes roses.

Elle sentit son cœur s'emballer.

Jamais elle n'avait rencontré un homme au regard si intense, si pénétrant.

« Pénétrant ». Ce mot résonnait dans sa tête et jusque dans son sang, si fort qu'elle en oublia un instant de quoi ils parlaient, où elle était, qui elle était.

— La journée a été longue. Il s'est passé tant de choses, balbutia-t-elle en détournant la tête.

Il y eut un long silence, qu'Arlo finit par rompre :

— Oui, et à ce propos…

— À quel propos ?

— Nous n'avons pas vraiment discuté de ce qu'il nous est arrivé tout à l'heure.

Elle se sentit frémir et, rougissant jusqu'aux oreilles, regarda par la fenêtre les arbres du jardin secoués par la tempête.

Non. Heureusement, d'ailleurs. Cet épisode l'obsédait déjà, alors pas question de l'évoquer face à cet homme au regard intense. Malheureusement, elle n'avait pas le choix. En frissonnant, elle se rappela son expression quand il l'avait soulevée sur la route et portée dans la voiture et son regard implacable alors qu'il luttait contre le vent.

Arlo Milburn était du genre à prendre n'importe quel problème de front.

— Il n'y a rien à discuter. C'était…

— Une erreur ? questionna-t-il.

— Oui. Peut-être pas une erreur. Plutôt un malentendu.

— Vous croyez ? Pour moi, c'est pourtant très clair. Vous m'avez embrassé, et je vous ai rendu votre baiser.

— C'est une façon de voir les choses, je suppose.

— Y en aurait-il d'autres ?

Désemparée, elle s'efforça de trouver une réponse ou du moins quelques mots cohérents, sans dévoiler l'impression qu'elle avait ressentie quand il l'avait arrachée à la vague qui l'emportait : il avait un droit sur elle.

— Je l'ai vécu comme un enchaînement de réactions cosmiques, commença-t-elle. Vous savez, quand certains éléments entrent en collision. Des étoiles, des forces planétaires…

— Des bouches ? proposa-t-il en la fixant droit dans les yeux. Et vous croyez aussi qu'Elvis est toujours en vie ? Moi, je m'intéresse aux faits, pas aux théories fumeuses.

— Tout ne peut pas s'expliquer par des faits, protesta-t-elle. Il y a des choses qui arrivent, voilà tout.

Sauf que ce qu'il s'était produit entre eux, même si cela semblait absolument fortuit, était bien la conséquence d'un certain nombre de faits, de décisions, de choix, de sentiments refoulés. Même si certains demeuraient cachés, ils n'en existaient pas moins. Et ils existeraient toujours.

— Quelles choses ? demanda-t-il.

Il la contemplait en silence, et elle retint son souffle, prise au piège de son regard. Devait-elle lui avouer la vérité ? Car, il avait raison, rien ne se produit par hasard. Il y a toujours une raison, un responsable…

— Monsieur Milburn, déclara-t-elle en se levant, si intéressante que soit cette conversation, je crois que nous devrions nous remettre au travail.

— Appelez-moi Arlo, et nous allons nous y remettre, répondit-il calmement. C'est d'ailleurs pour cette raison que je désirais parler avec vous de ce qu'il s'est passé dans le salon. Pour vous rassurer. À mon avis, quand on veut mélanger travail et plaisir, ça finit toujours mal.

Elle respira à fond.

Durant un court moment, elle avait cru qu'elle l'aimait bien, et même qu'il l'aimait bien, lui aussi. Tout ça à cause de ce baiser irréfléchi et stupide. Mais ce baiser n'avait rien changé. Et surtout, il ne l'avait pas changé, lui. Il restait l'homme grossier et arrogant qui l'avait chassée de son lit.

— Très aimable à vous d'en convenir, dit-elle en relevant le menton. Et de mon côté, vous n'avez aucun souci à vous faire : j'ai presque oublié que ça s'est produit.

4.

Arlo se pencha sur sa chaise et tendit un bras tout en étirant le cou pour soulager son dos crispé par la frustration.

Ils étaient de retour dans le bureau, et la maison frémissait toujours sous les assauts du vent.

Il regarda par la fenêtre, évaluant la hauteur des vagues.

D'habitude, il n'avait aucun mal à se mettre au travail, mais aujourd'hui… Il contempla la page blanche sur l'écran de l'ordinateur.

Aujourd'hui, Frankie était dans la pièce, et il n'arrivait pas à aligner deux mots. Son regard était irrésistiblement attiré par la masse de boucles auburn qui dépassait de la pile de livres entassés sur l'autre bureau.

Comment pouvait-il laisser cette femme le distraire de son travail alors que c'était précisément pour travailler qu'il l'avait admise dans son bureau ? Ce n'était pas une bonne idée…

Tout en contemplant son écran, il se carra dans son siège pour éviter de voir le haut de sa tête.

Lorsqu'il lui avait avoué préférer se passer pour le moment de compagnie féminine, il n'avait pas menti. Et cela, depuis un certain temps, trop longtemps peut-être. Par choix d'ailleurs plutôt que par manque d'occasions. Délibérément, il avait donné la priorité dans sa vie à ses expéditions, ses conférences et ses recherches.

C'était plus facile, et moins douloureux. Aimer était une folie. Ou plutôt, cela rendait les gens fous. Il avait depuis longtemps décidé que l'amour était trop imprévisible pour permettre de bâtir une relation autre que familiale. L'amour familial n'était pas moins douloureux, mais il obéissait au moins à certaines règles. Il était logique. Par nature une mère aime et soutient son enfant, un père, son fils, un garçon, son frère. C'est inscrit dans l'ADN humain. Mais au sein d'un couple, l'amour fonctionnait différemment. Qu'il soit fondé sur le devoir ou sur le désir, il n'avait aucune base biologique. La pulsion érotique – puissante et irrésistible – était destructrice.

En repensant aux mots que Frankie lui avait lancés avec arrogance après le déjeuner, il sentit sa colère se raviver, tel un serpent tapi dans son cœur.

Il avait eu envie de la secouer. Ou de l'embrasser jusqu'à ce qu'elle s'abandonne à lui, comme le matin.

« J'ai presque oublié que ça s'est produit. » Qui espérait-elle tromper ? se demanda-t-il en se tortillant sur son siège.

— Pourriez-vous, s'il vous plaît, arrêter de gigoter ? J'essaie de travailler.

Une voix s'était élevée en provenance de l'autre bureau.

— C'est à moi que vous parlez ?

— En tout cas, ce n'est pas à Nero.

Le chien releva la tête.

Après un instant d'hésitation, Arlo se leva et traversa la pièce.

— Pourquoi faites-vous cette tête ? reprit-elle.

— Quelle tête ? Il se trouve seulement que, après des semaines passées sur la banquise, ce n'est pas évident de se retrouver derrière un bureau.

Elle le contempla d'un air surpris, comme si elle ne s'attendait pas à le voir faire preuve de tant de sensibilité. En se rappelant le petit soupir qu'elle avait poussé lorsqu'il l'avait attirée contre lui, il sentit sa respiration s'accélérer.

— Je n'ai pas changé d'avis. Vous faites du bon travail. Mais je dois vérifier un point dans un de ces dossiers, dit-il en pointant au hasard une chemise rangée sur l'étagère placée derrière le bureau de Frankie.

— Vous avez réellement le sens de l'organisation.

— Ici, tout est en ordre. Je connais la place de chaque chose. Non, je préfère le prendre moi-même. Laissez-moi…

Il tendit le bras, mais elle avait déjà la main sur le dossier métallique, qui leur échappa à tous les deux et heurta dans sa chute d'abord le crâne de Frankie, puis son nez à lui.

— Vous ne pouvez donc jamais faire ce qu'on vous demande ? dit-il, les yeux embués par la douleur. Je vous avais dit que j'allais le prendre.

— Je commence à en avoir assez que tout soit toujours ma faute !

— Et moi que rien ne soit jamais votre faute !

— Je n'ai jamais dit que…

Elle vacilla soudain.

— Vous vous êtes fait mal ? Vous saignez !

— Ce n'est rien.

— Mais si, protesta-t-il en la guidant vers un canapé. Asseyez-vous.

Elle se laissa tomber sur les coussins.

Il saisit une lampe d'une main et, de l'autre, lui prit le menton entre le pouce et l'index.

— Levez la tête. S'il vous plaît, ajouta-t-il en sentant qu'elle se raidissait.

Il lui écarta les cheveux pour examiner son crâne.

— Ce n'est qu'une petite coupure. Elle ne saigne pas beaucoup, mais vous allez sans doute avoir une bosse.

— Inutile d'appeler une infirmière. Vous avez terminé votre examen ?

— Non, dit-il en sortant son mouchoir de sa poche. Pressez-le contre votre blessure pendant que je vais chercher la trousse de secours. Et ne bougez surtout pas.

Adossée aux coussins du canapé, Frankie ferma les yeux en respirant à fond et tenta de se calmer.

C'était évidemment la faute d'Arlo ! Si ses étagères avaient été rangées, ce ne serait jamais arrivé.

Son cœur battait à se rompre, et elle avait un goût métallique dans la gorge. Sans parler de cette impression désagréable de *déjà-vu.*

Son premier souvenir après l'accident qui avait coûté la vie à toute sa famille. Les yeux fermés et le cœur battant. Au début, elle n'avait pas compris, comme si c'était un mauvais rêve. Puis elle avait ouvert les yeux, et elle s'était retrouvée en plein cauchemar.

— Désolé d'avoir mis si longtemps. Comment vous sentez-vous ?

— Bien. Ce n'est rien.

— Je vais vous vaporiser un antiseptique.

De nouveau il était charmant. La douceur de sa main lui serra le cœur.

— Qu'est-ce qu'il vous est arrivé ? demanda-t-il.

Ses doigts s'étaient immobilisés et elle comprit qu'il avait repéré le fin bourrelet de sa cicatrice.

D'après la presse, ç'avait été un miracle qu'elle survive au crash. Et quand elle avait vu les photos de l'avion, elle s'était demandé comment elle avait pu s'en sortir sans autre dommage que cette légère blessure à la tête.

Ou du moins sans autre dommage visible.

— J'ai eu un accident il y a deux ans, dit-elle en serrant le mouchoir dans sa main.

Sur ce sujet, il fallait absolument qu'elle garde le contrôle.

— Une plaie à la tête. Cela m'a laissé cette cicatrice, et beaucoup de considération pour les ceintures de sécurité.

Ce qui était la vérité – ou presque. Elle n'en avait plus jamais parlé à personne depuis l'enquête, et cette expérience lui avait appris qu'il ne faut pas attendre de justice, même de la part de ceux qui sont chargés de l'exercer.

— Nous avons au moins quelque chose en commun, reprit-elle sur le ton le plus léger en relevant la tête. Oh ! mais vous aussi, vous êtes blessé.

— Oh ! ça ? dit-il en passant le doigt sur l'égratignure de son nez. Ce n'est rien. Au moins, laid comme je suis, je ne risque pas d'être défiguré.

— Vous n'êtes pas laid, bien au contraire, déclara-t-elle en le fixant droit dans les yeux.

— Allons donc ! Johnny est mon frère. Je sais ce que c'est que la beauté.

Oui, la beauté conventionnelle. Johnny ressemblait au *David* de Michel-Ange. Des traits parfaits et symétriques. Mais elle avait oublié son visage. Le visage d'Arlo, lui, n'avait rien de symétrique. Des traits taillés à la serpe, un profil de statue de l'Île de Pâques. Mais il changeait le cours de tout ce qu'il croisait sur sa route.

Son cœur se mit à battre plus vite. De nouveau, leurs regards se croisèrent, et elle sentit comme un choc électrique.

— La beauté est un signe que Dieu nous envoie, tout le monde ne sait pas le lire.

Il y eut un long silence.

— Et vous, reprit-il, vous savez le lire ?

Elle frémit. Une tempête grondait en elle.

— Arlo, expliquez-moi ce qui vous pousse à aller explorer l'Antarctique.

Arlo ne répondit pas tout de suite. Il aurait pu le faire, mais il se demandait pourquoi elle avait si abruptement changé de sujet. Et puis, il lui avait suffi d'entendre son prénom dans sa bouche pour que son cerveau soit incapable de penser.

Quelques secondes plus tôt, il se demandait encore comment il avait pu consentir à la faire travailler. Sans doute pour lui faire sentir qui détenait le pouvoir. Maintenant, il regrettait cette décision, et pas seulement parce qu'elle avait tourné à son désavantage et qu'il s'était mis en danger.

Pourvu qu'elle considère son silence comme un signe qu'il prenait sa question au sérieux, et non pas qu'il eût perdu la tête !

— Quand j'avais douze ans, j'ai lu *Le Pôle Sud* de Roald Amundsen. J'ai été passionné par son évocation de la nature pleine de menaces mais aussi de compassion. Si vous voulez le lire, il y en a un exemplaire dans la bibliothèque, sur l'étagère de gauche en entrant.

Elle lui sourit et, à son tour, il s'empressa de changer de sujet.

— Au fait, que pensez-vous de votre travail ? Pas trop pénible, j'espère ?

— Pas du tout. Je suis surprise de trouver vos notes si intéressantes même si elles comportent des tas de chiffres. Des pourcentages de ceci, des tonnes de cela…

— Autrement dit, des faits.

— Exactement, répondit-elle d'un air impatient, comme si quelque chose d'évident lui échappait. Je sais que vous aimez les faits, mais ils intimident la plupart des gens, alors il faut les rendre accessibles et intéressants. C'est d'ailleurs le cas puisque, même moi, je suis capable de comprendre.

— Qu'est-ce que vous entendez par « même moi » ?

— Eh bien, quelqu'un d'aussi peu discipliné et diligent que moi.

Il y eut un court silence durant lequel il se souvint des mots qu'il avait prononcés.

— Écoutez, ce matin, je n'étais pas tout à fait dans mon assiette. J'étais encore en colère. Et puis, j'avais peur…

— Peur ? répéta-t-elle en haussant les sourcils. De quoi ?

Il regretta d'avoir parlé trop vite. Soudain, tout son corps se tendit à l'évocation du mur d'eau grise qui les entourait. Il se souvint de la promesse qu'il s'était faite bien des années plus tôt : ne jamais laisser la peur déformer la réalité, ne jamais laisser advenir ce qui peut être évité.

— Peur que vous ne vous soyez blessée.

Ou pire.

— Je croyais que vous me détestiez.

Ils étaient si près qu'il pouvait distinguer chacune de ses taches de rousseur. Il se demanda combien de temps il mettrait à les compter et jusqu'où exactement elles s'étendaient sur son corps.

Il s'éclaircit la gorge.

— Je ne vous déteste pas.

— Moi non plus.

En baissant les yeux, il vit pulser une veine de sa gorge, au même rythme que son propre sang dans ses veines.

Impossible de détourner le regard. Le temps semblait s'être arrêté. Leurs genoux se touchaient, et la main de Frankie était si près de la sienne… Jamais il n'avait eu autant envie d'embrasser une femme. Mais au moment où il allait l'attirer à lui, une horloge se mit à sonner quelque part.

Frankie cligna des yeux comme si elle s'éveillait d'un rêve.

— C'est déjà l'heure ? demanda-t-elle en se levant. Constance a dit que le dîner serait servi au quart.

— Je dois encore rappeler deux personnes. Dites-lui que j'en ai pour un petit moment. Et emmenez Nero avec vous, s'il vous plaît, sinon il va m'embêter pour que je le nourrisse.

Après le repas, pour se prouver qu'il en était capable, il s'assit pour relire ses notes jusqu'à ce qu'il voie Nero se diriger vers l'escalier. Il était 22 heures. Il le suivit en bas pour le faire sortir, mais le chien se dirigea droit vers la bibliothèque. Il y faisait sombre, et devant la cheminée où le feu brûlait encore, Frankie s'était endormie sur un canapé, le livre d'Amundsen ouvert sur les genoux.

Devait-il la réveiller ? Sûrement pas. Il risquait de

l'effrayer. Et de toute façon, s'il le faisait, il lui faudrait la transporter dans sa chambre. À l'idée de glisser son corps entre les draps avant de s'éclipser, il éprouva une douleur plus cuisante que la pire des engelures.

Il se pencha pour ajouter deux bûches dans le foyer avant de déposer sur la jeune femme le plaid qui était plié sur le dossier du canapé.

Et maintenant ? Dormir sur le canapé voisin n'était sûrement pas une bonne idée, mais il ne pouvait pas la laisser seule.

Soudain Nero fit un bond pour se rouler en boule à côté de Frankie.

— Reste là, lui dit Arlo, avant de quitter la pièce avec l'inexplicable désir d'échanger sa place avec celle du chien.

Lorsque Frankie se réveilla, le ciel était clair.

Dans son rêve d'Antarctique, elle avait traversé des océans glacés et, durant quelques secondes, elle prit la lumière qui l'éblouissait pour le soleil blanc étincelant sur un paysage polaire.

Sauf que, en Antarctique, il faisait beaucoup moins chaud.

En bâillant, elle ouvrit les yeux et se redressa.

À l'autre bout du canapé, Nero releva la tête et remua la queue. Elle se tendit : si Nero était là, Arlo n'était pas loin…

Le cœur battant, elle se retourna.

Non, la bibliothèque était vide à part le chien et elle.

Elle sentit ses joues s'empourprer.

Dans ses rêves, elle n'avait pas été seule. Arlo ne l'avait pas quittée, mais flou et hors d'atteinte, comme s'il marchait dans la brume…

Les rêves disent souvent ce que l'on sait déjà, et celui-là lui confirmait qu'elle le trouvait déroutant.

Satisfaite de cette explication, elle tapota la tête de Nero qui regardait en direction de la fenêtre. La surprise qu'elle éprouva alors dissipa son malaise.

Dans le jardin, les arbres n'étaient plus courbés par le vent comme des suppliants et le ciel n'était plus gris acier mais d'un blanc sale. En regardant la pendule au-dessus de la cheminée, elle se rendit compte qu'il était encore trop tôt pour le petit déjeuner.

— Viens, murmura-t-elle. On va prendre l'air.

Au dehors, la brume ne permettait pas de voir la mer, mais sous ses pieds, l'herbe était constellée de petites fleurs roses et bleues. Nero bondissait, ravi de pouvoir enfin se dépenser, et il se mit à aboyer, excité à la vue de quelque chose…

Non, pas de quelque chose, mais de quelqu'un. *Arlo.*

Elle sentit un frémissement la parcourir.

Émergeant du brouillard, il se dirigeait vers elle à grandes enjambées, exactement comme dans son rêve, ses cheveux sombres tombant sur son visage. Torse nu, un pull noir noué autour de la taille, il portait sur les épaules un mouton noir aux cornes recourbées. Très à l'aise, il semblait sortir d'un autre âge, comme s'il avait l'habitude de transporter du bétail. Elle leva la tête vers lui, troublée, et son regard tomba sur ses pectoraux pâles.

Quand il l'avait soulevée sur la route, avant de l'embrasser, il lui avait communiqué une impression de force physique, mais aussi de puissance absolue. Maintenant, elle comprenait pourquoi. Le haut de son corps paraissait si solide qu'il semblait sculpté dans la pierre, sans qu'il n'y ait rien de gauche dans son allure. Au contraire, il avait la même démarche légère que le chien sombre qui l'accompagnait. Il leva la tête, puis s'immobilisa en face d'elle.

Elle s'immobilisa, le souffle court, incapable de prononcer le moindre mot.

— Bonjour, dit-il avec un petit sourire. Vous me cherchiez, ou vous étiez simplement sortie faire un tour ?

— Une petite promenade matinale, dit-elle en rougissant.

Elle détourna le regard, fascinée par la mince ligne verticale de duvet sombre qui disparaissait sous la ceinture de son jean.

— Que lui est-il arrivé ? demanda-t-elle en désignant le mouton.

— C'est difficile à expliquer, répondit-il en fronçant les sourcils. Il n'a pas pu s'abriter de la tempête, à moins qu'il n'ait été emporté par le vent. Il n'a pas l'air blessé, mais il ne veut plus marcher.

— Où l'avez-vous trouvé ?

— Tout près d'ici.

Elle suivit son regard.

Le brouillard se dissipait, et elle eut un sursaut d'horreur devant l'abîme qu'elle découvrait.

Peut-être la pente paraissait-elle moins escarpée lorsqu'on la voyait de loin, mais du lieu où ils se trouvaient, elle avait l'air presque verticale.

— Vous êtes descendu jusqu'en bas ? s'exclama-t-elle, horrifiée. Si c'était moi qui avais fait ça !

— Je ne vois pas pourquoi vous l'auriez fait. Vous, vous n'avez rien à prouver.

Mais lui, si ? Cet homme était un soldat décoré, expert dans son domaine et explorateur polaire de surcroît.

Elle le contempla d'un air surpris.

— Et vous, qu'avez-vous à prouver ?

Il lui jeta un regard indéchiffrable.

— Un jour, quelqu'un m'a dit que je n'étais pas vraiment le héros que je croyais être.

Elle le fixa, le cœur battant.

— Et c'est la vérité ? s'enquit-elle d'un ton détaché.

Il acquiesça de la tête.

— Malheureusement, sur cette île, nous sommes à court de demoiselles en détresse. Alors, je me résigne à sauver des moutons.

En voyant Frankie esquisser un sourire, Arlo se sentit frémir tout entier.

De nouveau, il avait mal dormi et s'était réveillé à l'aube. Malgré sa fatigue, il était trop nerveux, trop agité pour pouvoir se rendormir.

Ce n'était qu'en descendant au rez-de-chaussée qu'il avait compris pourquoi : la tempête s'était calmée, la route était dégagée, et Frankie Fox était libre de quitter l'île.

La veille, il aurait accueilli cette nouvelle avec soulagement, mais en vingt-quatre heures – depuis qu'il l'avait découverte à demi-nue dans son lit –, beaucoup de choses avaient changé, et en particulier l'opinion qu'il avait d'elle.

Son cœur se serra.

La veille, elle l'avait impressionné. Elle avait travaillé dur, l'avait écouté et lui avait posé des questions pertinentes.

Dans une autre vie, il l'aurait volontiers embauchée pour de bon, ou même… Ou même quoi ? Il chassa cette question de son esprit, mais son corps, lui, continuait de se la poser.

Serrant les dents, il s'efforça de contempler la mer au-delà de Frankie.

Il fallait qu'il se ressaisisse. Elle n'était sans doute pas la petite écervelée opportuniste qu'il avait cru, mais elle n'était pas son type. De toute façon, elle était déjà liée d'une façon ou d'une autre à Johnny. Et elle n'avait que vingt et un ans, c'était presque encore une gamine.

Sauf qu'elle n'embrassait pas comme une gamine.

Son corps frémit au souvenir du gémissement qu'elle avait poussé quand il avait insinué sa langue entre ses lèvres. Il avait terriblement envie d'elle, et il savait que c'était réciproque. Mais chaque fois qu'il avait été tenté de se laisser guider par la « force des planètes », comme elle disait, cela s'était terminé par un désastre.

Sauf que c'était plus facile de le décider quand elle n'était pas juste en face de lui, ridiculement trempée et pourtant tellement sexy dans la vieille veste qu'il lui avait fait enfiler.

Conscient de la façon dont elle le regardait et désireux d'évacuer la tension qui l'habitait, il déposa sur l'herbe le mouton, qui s'éloigna en trottant sans un regard en arrière.

Pour se donner une contenance, il renfila alors le pull qu'il avait noué à sa taille, avant de contempler le ciel.

Pour la première fois depuis qu'il avait repris pied sur l'île, il y découvrit un petit morceau de bleu. Demain, à part quelques branches cassées, il n'y aurait plus trace de la tempête. La route serait de nouveau accessible, et la vie reprendrait son cours normal. Du moins en apparence.

Il s'éclaircit la gorge.

— À propos, concernant Johnny, vous aviez raison. Il m'a bien laissé un message, et même deux, mais je ne les ai reçus qu'hier soir. Il m'a dit que vous aviez besoin de distractions.

Mais pourquoi ? Elle était jeune, belle, et elle vivait à Londres où l'on trouvait de tout pour se distraire.

Johnny avait également dit que Frankie méritait qu'on prenne soin d'elle, mais il préférait ne pas y penser. Car il n'arrivait pas à imaginer une autre façon de le faire qu'à deux, nus, dans son lit.

— Johnny est un excellent ami, déclara-t-elle en haussant les épaules. Il se fait du souci pour moi, mais j'avais juste besoin de passer quelques jours loin de Londres. Maintenant, je me sens en pleine forme. Comment pourrais-je ne pas me sentir bien devant un pareil paysage ?

Elle avait choisi ses mots avec soin, mais la bouffée de sérénité qui avait inondé Arlo en l'entendant décrire Johnny comme un simple ami se dissipa aussitôt, et il se sentit envahi par la culpabilité.

— Cela vous plaît vraiment ? demanda-t-il, surpris.

— Bien sûr. C'est tellement beau. Toute cette nature est belle, et si calme, si simple…

— Pas toute la nature, je peux vous l'assurer.

— Vous parlez de l'Antarctique ? s'enquit-elle avec une lueur de curiosité dans le regard. À quoi cela ressemble-t-il ?

Cette question, on la lui avait posée bien des fois, mais pour une raison inconnue, il avait envie de lui donner une réponse moins banale que d'habitude.

— C'est épuisant. Terrifiant et enivrant à la fois. D'une beauté à couper le souffle. Souvent, on a l'impression de rêver, dit-il en relevant la tête. Là-bas, tout est extrême : le ciel est plus vaste, le vent souffle plus fort, et la mer est d'un bleu magnifique qui change sans cesse…

Elle le regarda, et son cœur manqua un battement.

Même la mer n'était pas si bleue que les yeux de Frankie.

Il se força à détourner la tête pour regarder les rochers déchiquetés en contrebas.

— Certains icebergs sont grands comme des pays. Et l'air a une texture… Comme si on pouvait le saisir entre les mains.

— C'est extraordinaire, répondit-elle en rougissant. Je comprends mieux que vous acceptiez de quitter si souvent votre île.

Les yeux d'Arlo se fixèrent sur la cheminée du manoir.

Il se sentait toujours triste d'abandonner l'île et la maison qu'il aimait tant. Mais dans la vie, il existe des choses plus importantes que les sentiments – les siens ou ceux de quelqu'un d'autre. Il l'avait appris, à la dure.

Il n'avait pas toujours été ainsi. Quand il était enfant, l'adoration réciproque que se vouaient ses parents lui semblait douée d'un pouvoir mythique. Il avait été dévasté de voir ce pouvoir décroître tout au long de la maladie de sa mère, tandis que son père s'enfermait dans un chagrin farouche. Il aurait dû comprendre alors que les sentiments, si forts soient-ils, ne comptent guère : l'amour est impuissant devant la froide et dure réalité des faits. Mais il était trop jeune et trop désespéré. Alors, poussé par le besoin irraisonné de préserver un idéal, il avait épousé sur un coup de tête une femme qu'il connaissait à peine.

Maintenant, il comprenait que si l'on veut préserver quelque chose ou quelqu'un, les sentiments ne suffisent pas. Ils sont un simple dérivatif.

— Oui, ce lieu est très addictif et exigeant, et en même temps tellement fragile. C'est d'ailleurs ce qui le rend aussi incroyable. Il n'en existe aucun autre semblable, dit-il en cherchant le regard de Frankie. Mais inutile de me demander de vous en parler. Allez-y plutôt vous-même.

— Moi ?

— Pourquoi pas ? Les pôles ne sont pas réservés aux scientifiques à la barbe gelée et aux milliardaires.

— C'est comme ça que vous vous voyez ? demanda-t-elle en éclatant de rire.

C'était étonnant à quel point il aimait la faire rire.

— Et vous, c'est comme ça que vous me voyez ?

— Vous êtes un peu… intense, reconnut-elle. Mais votre barbe n'est pas gelée.

— Décidément, bavarder avec vous est bon pour mon ego.

— Je ne crois pas qu'il ait tellement besoin d'être conforté, répondit-elle en levant les yeux au ciel. Enfin, c'est merveilleux d'être ici, mais sans doute ferions-nous mieux de retourner travailler.

La déception qu'il ressentit occulta un instant le choc d'avoir pu oublier qu'ils étaient là pour travailler.

— Oui, ça vaudrait mieux, effectivement.

Constance qui les avait vus arriver les attendait sur le pas de la porte de derrière.

— Apparemment, la vigilance n'est plus que jaune, dit-elle. J'imagine donc que ce sera votre dernière nuit parmi nous, Frankie ?

Il y eut un court silence.

Sa dernière nuit ici ? Il avait du mal à l'imaginer

Mais avant qu'il ait pu ouvrir la bouche, Frankie acquiesça.

— Oui. C'était merveilleux, mais de toute façon je devais rentrer à Londres demain. C'était prévu.

— Oui, en effet, c'était prévu, renchérit-il en la fixant droit dans les yeux.

5.

Son rouge à lèvres à la main, Frankie s'examina dans le miroir de la coiffeuse.

Sa dernière nuit à Hadfield Hall… Elle ne parvenait pas à le croire, mais depuis que Constance lui avait posé la question, le temps semblait s'être accéléré, et elle n'avait plus que quelques secondes avant de descendre pour le dîner.

Elle contempla la valise posée sur son lit.

« C'était prévu. »

Durant toute la journée, ses propres mots avaient résonné dans sa tête, répétés par Arlo.

Ils avaient raison tous les deux, c'était prévu. Sauf qu'elle avait eu l'impression que quelque chose avait changé. Ou plutôt que *tout* avait changé.

Elle reprit sa respiration tout en effaçant le trait de rouge à lèvres qui avait un peu débordé. Et dire que, comme une idiote, elle avait pensé un court instant qu'il allait l'inviter à rester plus longtemps… Naturellement, elle n'aurait pas accepté. Une folie. Son appartement, son travail, sa vie, tout était à Londres.

Cet endroit était charmant, bien sûr, et Arlo et elle n'étaient plus prêts à se sauter à la gorge, heureusement, mais il restait un étranger.

Un étranger qu'elle avait embrassé…

S'efforçant de reprendre ses esprits, elle contempla son pull crème, sa jupe de soie et ses escarpins rouges, essayant de se voir avec les yeux d'Arlo.

Hélas si elle avait appris quelque chose le concernant, c'était qu'il était vraiment difficile de savoir ce qu'il avait dans la tête.

Il l'attendait déjà dans la salle à manger, debout devant la cheminée, les yeux fixés sur les flammes. Quand il l'aperçut, elle décela dans ses yeux gris une lueur d'admiration.

— Vous êtes superbe.

Comme il la contemplait d'un air tranquille, très concentré, elle sentit ses joues s'empourprer.

— Je me suis dit que je devais faire un petit effort, balbutia-t-elle en souriant. Vous aussi, vous êtes à votre avantage.

Sous sa chemise d'un blanc immaculé, son torse paraissait sculpté dans un fragment de glace arctique, et il était réellement très séduisant. Son pantalon sombre et sa chemise parfaitement coupés mettaient en valeur ses cuisses puissantes et ses larges épaules.

— D'habitude, je m'habille comme ça quand j'ai remporté une victoire. Cela m'a donc semblé adapté.

— Quelle victoire ?

— Vous avez accepté de dîner avec moi.

Des mots aimables qu'il se croyait obligé de prononcer parce qu'elle partait le lendemain !

Tandis qu'il la guidait vers sa chaise, elle jeta un coup d'œil autour de la pièce : elle n'avait passé que peu de temps dans cette maison, et pourtant tout lui semblait déjà terriblement familier.

Sa gorge se serra.

Arlo aussi lui semblait familier… Elle l'avait vu changer sous ses yeux. L'homme aigri et crispé qui l'avait toisée avec mépris lui remplissait maintenant son verre.

Le repas était encore une fois délicieux : des coquilles Saint-Jacques poêlées suivies d'une pintade aux morilles, et pour finir une mousse au chocolat accompagnée d'un sorbet au citron.

Contrairement à son attente, la conversation alla bon train. En fait, Arlo se montrait de très bonne compagnie, intelligent, doté d'un sens de l'humour décapant et capable d'aborder n'importe quel sujet. Comme c'était la dernière soirée qu'ils passaient ensemble, il se contraignait visiblement à se montrer aimable.

— C'était délicieux, déclara-t-elle en reposant sa petite cuiller. Mais je ne pourrais vraiment plus rien avaler.

— Comment ? Mais il y a encore deux autres plats !

— Très drôle, répondit-elle, car elle l'avait surpris à esquisser un sourire.

— Vous savez, quand nous étions enfants et que nous avions trop mangé, Johnny et moi, notre père nous emmenait dans la salle de jeu pour nous faire courir.

— Dans la grande salle avec les fenêtres à petits carreaux ?

— Oui, en fait les fenêtres sont protégées, et on peut y jouer à tous les jeux de balle imaginables : rugby, tennis, cricket. Ça vous tente ?

— Absolument pas. J'ai trop mangé pour pouvoir courir, surtout avec ces chaussures ! Ce serait déloyal de votre part.

La lumière des bougies atténuait la rudesse de ses traits irréguliers.

— Si vous gardez ces escarpins aux pieds, c'est moi qui vais perdre.

— Faisons plutôt un billard ? proposa-t-elle pour cacher sa gêne. Hier, en visitant la maison, j'ai vu que vous en possédiez un. Ce serait moins fatigant.

— Oui, acquiesça-t-il en la guidant vers une pièce lambrissée, le billard est un jeu fantastique, même si certains le trouvent ennuyeux. En fait, il ne l'est pas. On y joue avec une bille rouge et deux billes blanches…

Ils convinrent que la victoire reviendrait à celui qui marquerait le premier cent points.

— Ça me paraît beaucoup, remarqua-t-elle. Mais d'accord.

Quarante minutes plus tard, Frankie, très concentrée, se penchait sur le tapis vert en se mordillant la lèvre.

— Frankie Fox, influenceuse sur les réseaux sociaux, et imperturbable championne de billard, murmura Arlo en reposant sa queue.

— J'ai failli vous avertir…, commença-t-elle en relevant la tête.

— Mais vous avez préféré me battre à plate couture, la coupa-t-il en se rapprochant.

— Non ! Seulement, vous aviez l'air si mignon et sérieux quand vous m'expliquiez les règles du jeu que je n'ai pas eu le cœur de vous interrompre.

— Mignon ! Celle-là, on ne me l'avait jamais sortie ! Mais dites-moi plutôt qui vous a appris à jouer.

— Mon frère Harry, répondit-elle, avant de cligner des yeux, car elle n'avait plus prononcé ce prénom depuis dix-huit mois, et il lui brûlait la bouche. Près de la fac qu'il fréquentait, il y avait un pub avec une salle de billard. Si ça peut vous consoler, je le battais régulièrement, et tous ses amis aussi.

— Je suppose que je devrais me montrer reconnaissant envers vous de ne pas m'avoir proposé de jouer de l'argent.

— Je ne veux pas de votre argent.

Il était si près d'elle qu'elle sentait la tiédeur de son souffle et voyait dans ses yeux la lueur métallique du désir.

— À quoi jouez-vous ? s'enquit-il.

La question était simple, mais la réponse beaucoup moins. Elle déglutit, fascinée par son visage aux traits irréguliers, un peu comme une carte géographique, en se demandant ce qu'il se passerait si elle suivait du doigt une de ces lignes.

Où cela pourrait-il les mener ?

Tout son corps frémissait et son cœur battait à coups redoublés dans sa poitrine. L'atmosphère avait brusquement changé pour devenir plus sensuelle. Cette faible odeur de feu de bois, la pression de la table de billard contre ses cuisses, le lustre étincelant…

Peut-être était-ce le vin ? Mais à quoi bon chercher à se leurrer ? Quelque chose la tiraillait au plus profond. C'était Arlo, elle le savait. Parce qu'elle le désirait.

Cette découverte accéléra encore les battements de son cœur, mais tout était si enchevêtré, si confus qu'elle était incapable de faire quoi que ce soit d'autre que de rester là, à le regarder.

— Je ne sais pas, finit-elle par reconnaître.

— Voulez-vous que je vous dise ce dont j'ai envie, moi ?

Leurs regards se croisèrent. Arlo la fixait avec une étrange intensité, le visage fermé, les muscles tendus sous sa chemise.

— Oui, souffla-t-elle en serrant les poings.

Il tendit le bras et lui effleura la joue du bout du doigt.

— J'ai envie de vous. Et vous, vous avez envie de moi.

Sa voix était si rauque qu'elle ne protesta même pas. Les yeux d'Arlo, rivés à son visage, provoquaient en elle une tension irréductible. Oui, il avait envie d'elle, elle le savait, comme elle savait que, si elle le voulait, il s'éloignerait d'elle sans protester. Mais elle ne le voulait pas, bien au contraire. Elle avait simplement du mal à émettre le moindre son.

Elle respira à fond et prononça le seul mot qui lui semblait possible.

— Oui.

Il se pencha alors vers elle et posa sa bouche sur la sienne tout en l'attirant à lui, comme s'il voulait reprendre les choses où il les avait laissées la veille.

Le cœur battant, elle plaqua les deux mains sur son torse puissamment musclé, étourdie de pouvoir enfin le toucher. Il avait glissé les mains sous son pull pour lui caresser la poitrine, et elle poussa un petit gémissement contre ses lèvres en sentant ses tétons durcir.

— Donne-moi ta bouche, dit-il d'une voix brisée, et

elle crispa les mains sur ses bras tandis qu'il l'embrassait au plus profond.

Elle le repoussa un instant pour se débarrasser de son pull et se mit à lui déboutonner sa chemise. Avec un grognement de frustration, il fit sauter les boutons, qui volèrent à travers la pièce. Puis il en remonta les manches avant de lui ôter d'un geste son soutien-gorge blanc. Ses pouces rugueux effleurèrent les pointes raidies, et elle eut soudain terriblement envie de ses lèvres sur sa poitrine.

Elle s'arqua, tendant ses seins vers lui jusqu'à ce qu'il y pose sa bouche en grognant. Puis il la souleva dans ses bras pour la déposer sur le billard et lui releva sa jupe, tout en continuant à lui lécher un sein puis l'autre et à en agacer le bout de ses dents.

Elle gémit doucement.

C'était trop bon… Jamais elle n'aurait cru que ça le serait autant. Le corps frémissant de désir, elle reprit son souffle, la main posée sur le dur renflement de l'érection d'Arlo.

Il releva la tête, les mâchoires serrées, les muscles de sa poitrine puissamment bandés.

— Il y a quelque chose qui ne va pas ? s'enquit-elle.

— Non, mais je n'ai plus fait ça depuis si longtemps… Je ne voudrais pas que ce soit fini avant même de commencer.

À demi nu, il était impressionnant.

— Moi non plus, je n'ai pas fait ça depuis longtemps. Pour tout te dire, je ne l'ai pratiquement jamais fait.

Il lui jeta un regard inquisiteur.

— Mais ça t'est déjà arrivé ?

— Je ne suis pas vierge. Tu croyais que je l'étais ?

— Je l'ai cru un instant, parce que je pensais que « pratiquement jamais » signifiait « pas du tout ».

— Je ne voudrais pas que tu sois déçu.

Il la contempla, haletant, le visage presque cramoisi. Puis il lui prit le menton et son regard descendit vers son cou, sa gorge, ses seins…

— Non, Frankie, je ne suis pas déçu. Absolument pas, dit-il en lui effleurant les lèvres du pouce.

Elle sentait une douce moiteur sourdre entre ses cuisses. Sa respiration s'accéléra lorsqu'il s'agenouilla devant elle pour l'embrasser sans cesser de la caresser de ses mains rugueuses, jusqu'à ce qu'elle se mette à trembler.

Elle ne se rappelait pas avoir jamais connu pareil désir.

Doucement, il lui écarta les jambes et enfonça les doigts au cœur de sa chaude humidité. Puis elle sentit son haleine sur la peau de ses cuisses, et sa langue qui la pénétrait.

Les doigts crispés sur le bord de la table, elle se cabra en gémissant.

Sans répit la langue d'Arlo la taraudait, la goûtait, l'agaçait, la prenait.

Jamais personne ne l'avait affamée ainsi. Tout son être se dissolvait dans le plaisir. Il glissa ses mains sous ses fesses pour l'attirer tout contre sa bouche. Elle plongea les mains dans ses cheveux, se cabrant sous l'effet de sensations si intenses qu'elles en devenaient presque douloureuses, se balançant de plus en plus vite. En tremblant, elle s'accrocha à lui tandis qu'il se redressait, les yeux rivés aux siens.

D'une main, elle défit sa ceinture et dégagea son sexe dressé qu'elle prit en main.

— Tourne-toi, souffla-t-il tandis qu'un frémissement de désir la secouait.

Il la prit par la taille, et elle sentit ses lèvres chaudes sur sa nuque. Puis un bruit de papier déchiré la rendit à la réalité : elle avait été trop absorbée pour penser au préservatif.

Lentement, lui tenant les hanches à deux mains, il se glissa en elle et commença à bouger. Lorsque ses doigts se posèrent sur son clitoris et qu'elle sentit venir un second orgasme, il accéléra le rythme et poussa un grognement en la serrant contre lui. Puis il laissa sa tête aller contre son épaule et resta ainsi un long moment avant de s'écarter.

Elle baissa alors les yeux et se vit telle qu'il la voyait : jupe relevée jusqu'à la taille, jambes nues, talons hauts…

Jamais auparavant elle ne s'était retrouvée dans cet état. Jamais encore elle n'avait éprouvé tant de plaisir.

— Je…, commença-t-elle, cherchant des mots qui tardaient à venir.

Leurs yeux se croisèrent, et un frisson la parcourut.

Devraient-ils… ? Avait-il… ?

Elle avait adoré sentir son corps sur le sien et, de nouveau, elle avait désespérément envie de le toucher. Mais si elle le faisait, cela recommencerait, et tout serait gâché. Il fallait absolument qu'ils s'en tiennent là.

Elle ramassa son pull et l'enfila.

— Il faut que je monte faire mes bagages.

Il la contempla en silence, impassible.

— Très bien, répondit-il.

C'était la seule décision sensée. Mais elle dut faire un énorme effort de volonté pour le suivre dans le couloir sombre.

6.

La journée promettait d'être magnifique, songea Frankie en regardant à travers la vitre de la voiture.

À Londres, elle ne s'intéressait guère au temps sauf pour se demander si elle allait prendre un taxi ou non. Jamais elle n'écoutait les prévisions de la météo. Mais ici, dans le Northumberland, cela la fascinait. Comme un spectacle de magie. Tantôt de gros nuages se rassemblaient dans le ciel tel un troupeau de moutons, tantôt des rais de lumière venaient percer cette masse grise de rubans irisés et chatoyants.

De part et d'autre de la route, les vagues se succédaient placidement avant de s'aplatir dans un nuage d'écume.

Elle sentit son pouls s'accélérer.

Comment croire qu'il s'agissait de la même mer qui avait failli l'arracher à la vie ? Et comment croire qu'elle allait rentrer chez elle ? Et Arlo, qu'en pensait-il ?

Elle jeta un coup d'œil furtif à celui-ci, assis à côté d'elle, les yeux fixés sur la route, ses mains puissantes posées sur le volant.

Le cœur battant, elle se remémora la nuit précédente, le moment où il s'était penché sur elle pour l'embrasser, et tout son corps se tendit.

Elle aurait mieux fait de le repousser, de se dire qu'il n'était pas son type. Dans cette histoire, elle avait eu tout faux. Comme était faux aussi tout ce qu'elle avait cru savoir sur le sexe. Jusque-là, elle n'avait eu que deux rapports sexuels avec Aidan, son ex. Le premier avait été plutôt pénible et douloureux, le second un peu moins, mais après coup, elle s'était demandé pourquoi on en faisait toute une affaire.

Maintenant, elle le savait.

La nuit précédente avait été une révélation. Grâce à Arlo. Dès que ses lèvres avaient effleuré les siennes, tout son corps s'était enflammé. Il lui avait semblé si fort, si solide lorsqu'elle s'était blottie contre lui. Elle serait bien restée dans ses bras pour toujours. Jamais elle ne s'était sentie vivre aussi intensément. Un moment de folie. Elle aurait aimé aller encore plus loin, recommencer, encore et encore…

Mais quelque chose l'avait retenue, un sixième sens qui lui avait dit qu'elle risquait d'être dépassée et qu'elle était déjà allée bien plus loin qu'elle n'aurait dû.

Visiblement, Arlo partageait cet avis.

Il se gara et descendit prendre sa valise dans le coffre avant même qu'elle ait fini d'ôter sa ceinture. Il devait avoir hâte de se débarrasser d'elle, se dit-elle en s'efforçant de marcher à son pas.

— Monsieur Milburn, vous repartez déjà ? Vous venez à peine de rentrer ! Où irez-vous, cette fois-ci ?

— Nulle part, Alan, répondit Arlo en serrant chaleureusement la main du chef de gare en uniforme. Je suis juste venu déposer Mlle Fox. Je peux l'accompagner dans le train ?

— Ce n'est absolument pas…, commença-t-elle.

Mais Arlo la suivait déjà le long du quai. Il entra dans un wagon et déposa la valise dans le porte-bagages.

— Très bien, déclara-t-il d'une voix sans timbre. Bon voyage.

Avant qu'elle ait pu lui répondre, il avait tourné les talons.

Elle le regarda s'éloigner, l'ourlet de son manteau lui battant les mollets comme la queue d'un fauve énervé.

Son cœur tapait si fort qu'elle crut un instant qu'elle allait tomber.

Elle s'assit sur le premier siège venu, tandis que sa propre voix résonnait dans sa tête, disant à Arlo qu'elle ne s'était jamais évanouie de sa vie.

Elle ferma les yeux, le front appuyé à la fenêtre.

La nuit précédente, elle avait dû reconnaître ce qu'elle s'était refusé à admettre jusque-là, ce désir brut et implacable qui les avait poussés l'un vers l'autre après qu'il l'avait arrachée à la mer.

Un moment de passion. Pas même une nuit complète. Mais entre eux, il s'était passé quelque chose…

Les portes du wagon s'ouvrirent. Une voix de femme flotta jusqu'à elle.

— Quel culot de t'avoir dit ça ! Tu devrais en parler à Mary, elle saura lui rabattre…

Une autre lui répondit, inquiète et mal assurée.

— Je ne voudrais pas faire d'histoire.

— *Frankie.*

Cette autre voix, basse et profonde, lui fit ouvrir les yeux. Elle tourna la tête.

Arlo était à côté d'elle. Son corps massif semblait emplir tout l'espace du wagon, et l'éclairage cru soulignait ses traits austères et irréguliers.

Elle le contempla sans rien dire, et il lui sembla presque aussi étonné qu'elle, comme s'il n'était pas trop sûr de ce qu'il était en train de faire.

— Tu tiens vraiment à en rester là ? demanda-t-il.

Elle le fixa en silence, surprise.

— Non, souffla-t-elle d'une voix tremblante. Non.

Une étincelle passa dans le regard sombre d'Arlo. Il s'empara de sa valise.

— Dans ce cas, suis-moi.

Ce n'était pas dans ses habitudes, se dit Arlo en accélérant au sortir du parking. Il ne poursuivait pas les femmes, il ne les forçait pas à descendre de leur train. C'était une erreur à tous points de vue, il le savait. Et pourtant, contre toute raison, il n'avait pas pu s'en empêcher.

Cela lui avait pris deux minutes seulement. À peine était-il sorti de la gare qu'il y était rentré de nouveau sous le regard stupéfait d'Alan. À chaque pas, il se disait qu'il fallait qu'il s'arrête, qu'il rebrousse chemin et qu'il regagne sa voiture. Mais dès qu'il avait pénétré dans le wagon et qu'il avait vu Frankie assise sur son siège, tout avait changé. Sans qu'il l'ait voulu, la question avait fusé de ses lèvres, et avant même qu'il ait pu réfléchir, encore une fois, ils avaient croisé Alan tandis que le train s'éloignait de la gare.

Peut-être Frankie n'avait-elle pas encore envisagé toutes les conséquences de cet acte, ce qui expliquait son silence, songea-t-il, les yeux fixés à la route.

Son regard était toujours aussi fixe lorsqu'ils pénétrèrent dans la maison, accueillis par une Constance éberluée qui les regarda monter l'escalier, bouche bée.

En entrant dans la chambre de Frankie, il fut médusé par l'énorme, l'incroyable stupidité de ce qu'il était en train de faire.

À la gare, il avait simplement voulu l'empêcher de partir, point final. Là, il comprenait que c'était un point de départ. Mais vers quoi ?

La nuit précédente, en proie à une pulsion incoercible, il s'était comporté imprudemment. Mais d'une certaine façon, il pouvait y trouver une raison. Il désirait Frankie et cherchait à satisfaire la pulsion qui le taraudait.

Évidemment, si elle l'avait repoussé, il se serait éloigné. Sauf qu'elle aussi, elle avait envie de lui. Entre ses bras, elle était devenue chaude comme une braise, et maintenant, de nouveau, son corps était raide de désir.

Il ne comprenait pas pourquoi, mais il savait qu'ils n'en avaient pas fini, et que c'était précisément ce qui les avait ramenés là.

— Il y a un autre train dans quatre heures, dit-il en

lui faisant face, sa valise toujours à la main. Au cas où tu changerais d'avis.

— Je ne changerai pas d'avis.

Il y eut un court silence, et il sentit son cœur se serrer.

Il détestait ce genre de situation, trop tendue, trop émotionnelle, trop imprévisible… Et Frankie semblait plus mal à l'aise encore.

— Te voir partir comme ça… Ce n'était pas possible.

— Oui. Jamais je n'ai connu ça, je veux dire, ce qu'il nous arrive.

Il la contempla en silence.

À lui non plus, rien de ce genre ne lui était jamais arrivé, rien comme avec elle. Mais il n'avait rien à lui offrir sur le long terme, et l'idée seule de quelque chose de durable lui donnait le vertige, il fallait qu'elle le sache.

— Je ne suis pas prêt à m'engager dans une liaison, mais entre nous, il se passe quelque chose de particulier. Et j'aimerais l'explorer.

Aucune zone polaire ne l'avait excité autant que la perspective d'explorer le corps de Frankie.

— Quand commençons-nous ?

Ces mots produisirent sur lui un effet certain. Leurs respirations à tous les deux s'accélérèrent, et soudain la chambre lui parut plus petite.

Au départ, il avait cru que seul le sexe le motivait, mais il y avait autre chose, il devait le reconnaître. Lorsqu'il regardait Frankie, tout en lui s'enflammait. Jamais il n'avait éprouvé un tel désir pour Harriet.

Une minute s'écoula, puis ils bougèrent tous deux en même temps – il la prit par la taille pour l'attirer à lui et sentit ses doigts se poser sur ses épaules. Ses lèvres s'ouvrirent, et il oublia de respirer. Sa bouche était si douce et brûlante qu'il en fut étourdi. Il se plaqua contre elle pour approfondir leur baiser et, en l'entendant gémir, il comprit qu'ils en étaient déjà au point où un baiser ne suffit plus.

En sentant les doigts d'Arlo agripper son manteau sans cesser de l'embrasser, Frankie le déboutonna pour dégager ses épaules et ses bras, puis elle tira sur son pull pour le lui ôter.

— Doucement, dit-il en lui immobilisant les mains. Nous avons le temps. Nous avons tout le temps.

— D'accord, dit-elle en le guidant vers le lit. Mais viens, déshabille-toi.

Arlo se tourna pour fermer la porte, puis il fit passer son pull par-dessus sa tête. Son T-shirt suivit, et tous deux se déchaussèrent en même temps. Il ne leur restait plus que leurs jeans.

Il posa les yeux sur ses seins et l'attira à lui, cherchant ses lèvres et la couvrit de baisers jusqu'à ce qu'elle s'agrippe à lui en gémissant.

Le cœur battant, elle lui effleura la joue.

— Je ne te l'ai pas dit hier, mais tu ne m'as pas du tout déçue, chuchota-t-elle.

Il se pencha et plongea les doigts dans ses cheveux pour l'embrasser – un baiser passionné, affamé et profond qui lui donna le vertige et la laissa tremblante.

Il la poussa sur le lit et déboutonna son jean, qu'il fit glisser en même temps que son slip.

Un moment, il resta à la regarder, debout, les dents serrées. Un tel désir brûlait dans ses yeux sombres qu'elle sentit un long frisson lui parcourir l'échine. Puis il ôta son jean et son boxer, et, pour la première fois, elle le vit nu.

En le découvrant si grand et si dur, elle eut le souffle coupé. Non, elle ne risquait pas d'être déçue !

Comme il se penchait sur le lit au-dessus d'elle, elle passa une main sur son torse puissamment musclé avant de suivre des doigts la ligne de poils sombres qui descendait le long de son estomac. Puis elle leva un genou pour caresser son érection de sa cheville.

Avec un grognement affamé, Arlo fouilla dans la poche arrière de son jean. Elle le regarda tirer le préservatif de son enveloppe et l'enfiler sur son sexe dressé sans la quitter des yeux.

— Tout va bien ? demanda-t-il en la recouvrant de son corps.

— Oui, souffla-t-elle en lui agrippant les épaules et en ouvrant les jambes. Oui, comme ça. Oui.

Il passa une main sous ses fesses pour la rehausser et se mit à lui caresser le clitoris, les yeux rivés aux siens.

Elle sentit monter dans sa gorge une protestation rauque, et quand elle hurla son plaisir, le corps tendu, il la pénétra profondément et la rejoignit en quelques poussées généreuses qui l'envoyèrent parmi les étoiles.

Un moment, il resta immobile au-dessus d'elle, le visage enfoui au creux de son cou, haletant, avant de s'écarter. Debout au pied du lit, il la contempla un instant.

— Je reviens tout de suite.

Elle suivit des yeux son large dos aux muscles puissants.

Une virilité sans complexe. Elle aussi, elle se sentait satisfaite, décomplexée.

La tiédeur de son corps lui manquant déjà, elle frissonna et se blottit sous les couvertures.

Quelques instants plus tard, quand Arlo revint se coucher et l'attira à lui, elle posa la main sur son sexe assoupi.

Elle éprouvait un calme qu'elle n'avait plus ressenti depuis des semaines, peut-être des mois. En revenant, elle avait pris un risque, mais peut-être était-ce ce dont elle avait besoin. Cette intimité. Ce contact physique. Elle avait lu dans un magazine que toute étreinte produit des hormones du bien-être, et le sexe était à coup sûr la plus intense des étreintes. Ce devait être pour ça qu'elle se sentait aussi bien.

Oui. Hélas, rien d'aussi agréable ne pouvait durer.

— Ne réfléchis pas trop.

Surprise, elle regarda Arlo qui l'observait de ses yeux gris.

— Ne réfléchis pas trop, répéta-t-il. Ça n'a rien de compliqué.

Elle le dévisagea, en proie à un début de panique.

Pour lui, peut-être. Il pouvait se contenter de rester allongé et de profiter de ce moment de détente. Mais elle, elle risquait plus gros.

— Je ne réfléchis pas, mentit-elle en laissant ses cheveux tomber sur son visage.

Ce n'était pas totalement faux, mais elle n'était pas prête à lui dire toute la vérité.

— Frankie, regarde-moi.

Impossible d'ignorer cette voix. Elle leva la tête et croisa son regard.

— Écoute, tu as besoin de te reposer, et ça fait un moment que je n'ai pas pris une journée de congé. Nous allons la passer ensemble.

Elle crut que son cœur s'arrêtait de battre.

Le pouvait-elle ? Le devait-elle ?

Mais en descendant du train, elle avait déjà répondu à ces deux questions. Arlo ne lui proposait rien de solide ni de durable, aucun engagement. Ce qui les liait, ce qu'ils voulaient tous les deux était purement physique. Alors, pourquoi ne pas laisser la situation suivre son cours ?

— Ça me plairait bien.

— Et à moi aussi, répondit-il sans la quitter des yeux.

Elle se sentit fondre intérieurement.

Heureusement qu'elle n'éprouvait aucun sentiment à son égard, parce qu'aimer un homme qui vous procurait pareilles sensations, ce devait être terrifiant…

Puis il l'attira à lui, et elle arrêta de penser pour s'abandonner au désir brûlant qui la submergeait.

Frankie avait été un peu gênée de revoir Constance, mais elle comprit vite qu'elle n'était pas la seule à être revenue sur l'île, car le reste du personnel arriva au cours de la journée.

Arlo s'amusa de son étonnement.

— Tu croyais que Constance s'occupait de tout à elle toute seule ?

Effectivement, mais c'était impossible, bien sûr. La maison était trop vaste, et il y avait aussi les jardins, et l'île elle-même.

— Douze personnes travaillent à plein temps ici, même quand tu n'es pas là ?

— La plupart sont là depuis dix ans au moins. C'est comme de la famille.

Elle sourit, mais le mot « famille » déclencha comme toujours chez elle une douleur familière, un regret. Sauf qu'elle n'avait pas le droit de regretter ce qu'elle avait contribué à détruire, songea-t-elle tandis qu'Arlo lui présentait le personnel de maison.

— Tu feras la connaissance des autres plus tard, dit-il en quittant la cuisine. Par là.

Il posa la main sur sa taille, et elle en ressentit aussitôt l'effet au creux du ventre.

— Où allons-nous ?

— Nero a besoin de se dépenser. Allons sur la plage.

Dehors, il faisait un temps magnifique. Le ciel était d'un bleu presque méditerranéen et, à son grand étonnement, c'était une plage de sable. Arlo roula des yeux en la voyant ôter ses bottes et ses chaussettes, mais il fit de même.

— L'eau est glacée, s'écria-t-elle en tâtant la mer du pied. Mais c'est tellement beau que ça me fait battre le cœur.

Au bout de quelques secondes, l'eau lui parut déjà moins froide.

Arlo ramassa un bâton et le lança à l'autre bout de la plage.

— Tu ne crois pas que c'est plutôt moi qui te fais cet effet ?

Pour toute réponse, elle se baissa et lui envoya une giclée d'eau de mer avant de se mettre à courir. Il n'eut aucun mal à la rattraper, et elle se trouva prisonnière, le souffle court.

— Tu vas me le payer, mademoiselle Fox, dit-il en l'attirant à lui.

— Parle toujours, monsieur Milburn.

Il se mit à rire, et elle se sentit fondre une fois de plus.

— Tu veux de nouveau me défier ?

— Et toi, tu veux prendre ta revanche après notre partie de billard. Mais cette fois, on peut jouer de l'argent.

— Seulement si tu acceptes de porter tes escarpins et rien d'autre.

— Je suis partante.

— Tu sais, j'aimerais bien questionner ton frère à ce sujet. Je lui demanderais pourquoi il t'a si bien enseigné le billard, sans pitié pour les malheureux innocents que tu ne manquerais pas de battre.

Sentant une main glacée lui étreindre le cœur, elle regarda la mer au loin, au-delà d'Arlo.

Répondre. Dire quelque chose, n'importe quoi…

Mais aucun son ne sortit de sa gorge.

— C'est sans importance, Frankie, dit Arlo après un court silence. Je ne tiens pas spécialement à rencontrer ta famille.

Elle sentit son cœur se serrer de colère et d'angoisse.

Comment osait-il lui parler de cette façon ? C'était sa faute à lui. S'il l'avait avertie qu'il allait lui parler de sa famille, elle aurait pu s'y préparer.

— Le monde ne tourne pas autour de toi, Arlo, commença-t-elle, les mains tremblantes, en proie à une angoisse qu'elle ne pouvait maîtriser.

La détresse. La culpabilité. Les souvenirs qu'elle ne parvenait plus à refouler.

Dévastée, elle serra les poings pour lutter contre la douleur.

— Frankie…

La voix d'Arlo était douce, trop douce. Elle faisait fondre sa colère, ébranlait les murs qu'elle avait construits. Des souvenirs lui envahirent sa mémoire, et la vérité jaillit.

— Mon frère, tu ne risques pas de le rencontrer, s'écria-t-elle en ravalant ses larmes. Ni aucun autre membre de ma famille. Ils sont morts dans un accident il y a deux ans. Tous sauf moi !

Durant quelques secondes, Arlo contempla Frankie, sous le choc. Puis il la prit dans ses bras et la serra contre lui jusqu'à ce qu'il sente son corps se détendre, comme le premier matin.

— Tout va bien, maintenant, Frankie, chuchota-t-il en la serrant plus fort encore.

Mais c'était loin d'être vrai.

Son cœur se mit à battre douloureusement tandis qu'il se repassait dans sa tête les événements des jours précédents. Ce qu'il avait dit. Ce qu'il avait fait.

Il sortit un mouchoir et lui essuya doucement les joues.

— Je suis désolée, dit-elle. Tu n'as rien à voir avec tout ça. Ce n'est pas juste. Toi aussi, tu as perdu tes parents.

Une douleur lui serra la poitrine.

Ils n'avaient jamais parlé de ses parents, Lucien et Helena, mais Johnny avait dû les évoquer. Leur mère était morte jeune, et leur père plus récemment. Il connaissait le chagrin d'avoir perdu des êtres chers, mais toute sa famille en même temps… Il n'arrivait pas à imaginer ce qu'on pouvait ressentir. Et cela s'était produit si récemment !

Frankie avait besoin de parler, mais il se sentait coupable de l'avoir acculée à cette conversation. Peut-être lui serait-il plus facile de répondre à des questions ?

Il l'attira plus près encore.

— Ne t'inquiète pas pour moi, j'ai le dos solide… C'est de cet accident que tu gardes cette cicatrice à la tête ?

Elle acquiesça.

— Oui, un accident d'avion. Nous revenions de France après les vacances, et c'était mon père qui pilotait, articula-t-elle avec difficulté, la bouche tremblante. Il aimait la médecine, mais l'aviation était sa grande passion.

— Est-ce que tu sais ce qu'il s'est passé ?

Elle frissonna entre ses bras.

— Pas vraiment. Lors de l'enquête, on a dit qu'il s'était endormi. Moi, j'avais pris un médicament contre les nausées. La seule chose dont je me souviens, c'est de m'être réveillée avec un énorme mal de tête.

Il acquiesça machinalement, le cœur serré, en visualisant la scène : l'épave, les corps, le silence.

— Johnny est au courant ?

Il avait posé cette question sans intention, mais pour une raison inconnue, il attendit la réponse avec anxiété.

— Non. Je n'en parle jamais à personne. J'ai suivi une thérapie, mais j'ai du mal à aborder ce sujet. C'est stupide. J'ai déjà essayé, mais les gens ont l'air si horrifié que je me dépêche de me taire pour ne pas les heurter davantage.

Ce n'était pas stupide, se dit-il. Après la mort de sa mère, beaucoup de gens s'étaient montrés gentils envers lui, mais le plus souvent, il fallait en plus gérer leurs réactions. À l'idée que Frankie ait dû assumer cela, il sentait ses muscles se crisper.

— Toi, tu sais écouter, dit-elle en plongeant son regard dans le sien, tout en faisant jaillir du sable entre ses orteils.

Il l'embrassa, le cœur lourd.

Elle avait besoin de bien davantage que quelques jours de vacances. Ce qu'il lui fallait, c'était quelqu'un qui remplisse le vide laissé par sa famille. Quelqu'un qui l'aime et qui veille sur elle. Il n'en était pas capable, mais le moins qu'il pouvait faire, c'était prendre soin d'elle jusqu'à ce qu'elle se sente prête à repartir.

7.

Les mains crispées sur la barre, émerveillée par le spectacle de la mer étincelante et par la tournure qu'avait prise sa relation avec Arlo Milburn, le cœur accordé au rythme des vagues, Frankie contemplait les gerbes d'écume qui jaillissaient à la proue du bateau.

Elle n'arrivait pas à croire que, en ce moment même, elle se trouvait à bord de son voilier, l'*Eolus*.

Comment en était-elle arrivée là sans qu'aucune promesse n'ait été échangée entre eux ? Et comment en était-elle venue à lui parler de l'accident ? Jamais elle n'avait même pensé à le faire.

Mais Arlo s'était montré calme, serein – ce qui n'avait rien d'étrange, vu la vie qu'il menait. Dans l'Antarctique, il devait avoir à gérer des situations bien plus terrifiantes.

Elle ne s'était pas attendue à ce qu'il fasse preuve d'une telle compassion. Sa douceur l'avait surprise. Quand elle lui avait dit qu'il savait écouter, elle n'avait pas menti. Il était le premier à lui avoir permis de trouver les bons mots. Ou peut-être de comprendre qu'il n'y avait pas de bons mots.

Il ne s'était pas précipité pour meubler le silence en exprimant sa commisération. Plus incroyable, il ne s'était pas mis à parler de lui alors qu'il avait lui aussi perdu ses parents.

Il avait su que, en cet instant, elle ne pouvait tirer aucune utilité de son expérience à lui. Il était le premier à comprendre dans quelle solitude elle vivait, et qu'elle avait surtout besoin d'être accompagnée.

Plutôt que de lui dire qu'il savait ce qu'elle éprouvait, de lui donner des conseils ou de lui parler de façon positive, il l'avait laissée s'exprimer. Il l'avait écoutée – vraiment écoutée –, et elle avait réussi à lui dire la vérité.

Mais pas toute la vérité, songea-t-elle, le cœur serré. Pas qu'elle était responsable de l'accident.

Elle avait pourtant pensé le lui dire. Cela, elle l'avait déjà avoué, d'abord à l'hôpital, puis devant les gendarmes, et encore au moment de l'enquête, mais ça n'avait servi à rien.

Elle s'autorisa à jeter un bref coup d'œil à l'homme au profil anguleux qui se tenait à l'autre bout du bateau.

À l'hôpital, elle avait cru que ses aveux n'avaient pas été vraiment compris parce qu'elle parlait anglais. Mais au moment de l'enquête, il y avait un interprète, et elle avait eu beau dire la vérité, cela n'avait rien changé. C'était sa punition de n'être ni entendue ni comprise. Être comprise aurait signifié être pardonnée, et elle ne le méritait pas. Elle avait donc omis de révéler à Arlo son rôle dans l'accident.

— Bordez la voile.

Sa voix calme lui parvint de l'autre côté du pont, et elle le regarda manœuvrer avec l'équipage.

Elle ne connaissait rien à la navigation, mais au bout de dix minutes, elle savait déjà qu'il était un expert.

Il était vêtu comme le reste de l'équipage, d'un T-shirt noir et d'un chino beige, mais on le remarquait tout de suite. D'abord à cause de sa taille et de sa carrure, mais quelque chose de plus subtil attirait aussi le regard chez lui : une forme d'assurance et d'autorité contenues et pourtant une sensibilité et une réactivité surprenantes. Sans parler de l'énergie qu'il dégageait, même si l'on fermait les yeux, même dans la pénombre d'une chambre à coucher…

Elle sentit les joues lui brûler et l'observa, la gorge sèche, écarter une mèche que le vent avait rabattue sur son front.

Elle adorait ses mains calleuses, même s'il avait perdu

le bout de deux de ses doigts. Leur forme, leur largeur, les poils sombres sur les poignets…

Elle les contempla tandis qu'il donnait une explication à un membre de l'équipage, et le souvenir de la façon dont elles avaient touché son corps éveilla en elle un désir brûlant.

Comme s'il avait senti son regard, il releva la tête, et leurs yeux se croisèrent. Elle sentit son sang courir plus vite dans ses veines quand elle le vit se diriger vers elle.

— Tout se passe bien ?

Si l'équipage n'avait pas été là, elle se serait collée à lui.

— Oui, tout se passe bien, répondit-elle en regardant les voiles blanches gonflées de vent derrière lui. Pour moi qui n'étais jamais montée que sur un ferry, c'est incroyable !

Ce matin, quand Arlo avait suggéré qu'ils sortent sur son bateau, elle avait imaginé un dinghy ou un bateau à rames. Rien à voir avec l'*Eolus,* un sloop de soixante mètres avec une voile unique triangulaire dont la silhouette lui évoquait un immense goéland blanc, tel celui qu'avait croqué Arlo sur son carnet.

D'ailleurs, l'*Eolus* se mouvait comme un oiseau, glissant avec fluidité sur les vagues, suivant le rythme du vent autant que les manœuvres de l'équipage ou le système high-tech de navigation.

— Oui, ils flottent tous les deux, mais c'est un peu comme si tu comparais une mule à un pur-sang !

— Je ne les comparais pas vraiment, répondit-elle en riant, heureuse de le sentir de meilleure humeur, le regard moins fermé. Qui t'a appris à naviguer ?

Arlo ne répondit pas tout de suite, et elle comprit que sa question lui posait problème.

Un peu comme pour elle hier.

— Mon grand-oncle Philip, finit-il par répondre. C'était un marin. Il adorait naviguer, et – sa bouche esquissa un sourire – il aurait aimé que cela nous plaise autant à tous.

Son regard s'était fixé au-delà de la voile, sur la mer d'un incroyable bleu foncé.

— Il possédait un beau bateau, mais avant de monter à bord, il fallait embarquer avec lui sur un dinghy pour prouver qu'on en était digne.

— Une sorte de test ?

— C'était plutôt stressant. Il était très exigeant, et même impitoyable sur les petits détails, mais il voulait faire de toi le meilleur marin possible, et pensait que rien ne valait une expérience partagée. Nous avons vécu beaucoup de bons moments ensemble, reconnut-il après un court silence. Quand on rentrait après toute une journée en mer, toute la famille nous attendait avec un énorme repas, et mes cousins et moi avions le droit de veiller tard…

La gorge de Frankie se serra de chagrin et d'envie.

Sa famille lui manquait tellement ! Et pourtant, elle aimait entendre Arlo parler de la sienne. Son visage changeait complètement, il devenait presque beau…

— Aucun bateau ne peut surpasser l'*Eolus,* dit-elle. Il y a dans son allure quelque chose de naturel, en harmonie avec la mer. J'ai l'impression d'être un personnage de *Gatsby le Magnifique.*

En voyant son air satisfait, elle se sentit heureuse. Sans trop savoir pourquoi, elle aimait voir les yeux gris d'Arlo s'éclairer quand elle lui parlait.

— Il te plaît ? demanda-t-il

— Beaucoup.

Il y eut un silence, leurs regards se croisèrent, et elle se sentit frémir tout entière.

Comme elle, il se rappelait toutes les façons dont ils avaient fait l'amour la nuit précédente. Pour certaines, elle ne les aurait jamais imaginées, et toutes lui avaient coupé le souffle.

Il la contourna pour passer derrière elle, et elle sentit la pression de son corps contre le sien. Puis il passa les mains devant elle pour les poser sur les siennes.

— Qu'est-ce que tu fais ? s'enquit-elle.

— Tu dérivais. Je corrige ta course.

Il n'y avait pas que le bateau qui dérivait, songea-t-elle. Elle sentait son corps fondre, l'intérieur devenait brûlant et liquide, une faiblesse avait envahi ses reins et s'il ne l'avait pas soutenue, elle serait sûrement tombée.

— Je ne sais pas où nous allons, dit-elle d'une voix rauque.

Elle avait parlé au premier degré, au sujet de leur destination, mais une fois prononcée, sa phrase prenait un tout autre sens. Et son cœur battit follement.

Comment tout cela allait-il se terminer ?

Ils n'avaient pas évoqué ces questions. Quand ils étaient au lit et que son corps était en fête, qu'elle sentait celui d'Arlo si chaud et solide contre le sien, il lui était facile de faire ce qu'il lui disait, « sans réfléchir ». Alors, pourquoi commencer maintenant ? Il fallait qu'elle arrête de ruminer et qu'elle profite de cette sortie.

— Je veux dire, où va le bateau, précisa-t-elle.

Il y eut un silence, puis, lentement, Arlo lui prit le menton pour l'obliger à se tourner vers lui.

— Nous allons jeter l'ancre près de la côte. Constance nous a préparé un pique-nique. J'ai pensé que tu aimerais déjeuner à terre. À moins que tu ne préfères rester à bord ? Je me ferai un plaisir de me plier à ton désir. À toi de choisir.

Comme Arlo le prévoyait, Frankie avait choisi un pique-nique.

Qui n'aurait pas aimé pique-niquer par une si belle journée ? songea-t-il en contemplant le ciel d'un bleu intense.

Comme pour se faire pardonner les vents et la pluie battante des jours précédents, le temps était parfait. Sous le soleil éclatant, une brise légère soulevait quelques mèches de la chevelure rousse de Frankie.

Une part de lui restait sous le choc de ce qu'elle lui avait révélé la veille. Il avait du mal à supporter qu'elle ait pu tant souffrir et qu'elle souffre encore. C'était pour cette raison qu'il avait voulu cette sortie. Pour la distraire de son chagrin, même si ce n'était que provisoire. Comme quand Johnny faisait ses dents et qu'il le portait dans la maison au petit matin en lui montrant les tableaux.

Après avoir jeté l'ancre dans un fjord, près d'une petite île inhabitée, ils montèrent dans le canot et ramèrent entre les écueils. Puis, assis sur la falaise couverte de bruyère, ils s'apprêtèrent à déguster le pique-nique que leur avait préparé Constance : une miche de pain maison et des tranches fines de blancs de poulet accompagnées de betteraves et de chutney, des aubergines épicées et quelques magnifiques fromages. Pour terminer, une compote de rhubarbe et un panforte aux fruits et à la pâte d'amandes. Le tout accompagné d'une bouteille de mâcon blanc bien frais.

— Je ferais mieux…, commença Frankie, comme il se penchait pour remplir son verre.

— Pas du tout. C'est moi qui ferais mieux de m'en tenir là, dit-il en reposant la bouteille dans le seau à glace.

— Ce n'est pas juste. Tu as tout organisé, et tu ne peux pas boire.

Il la regarda sans répondre.

Même si son équipage était très expérimenté et le temps au beau fixe, alcool et navigation ne faisaient pas bon ménage. Pour autant, il n'était pas dans son état normal, car la présence de Frankie le grisait davantage qu'une cave pleine de vin. À moins que ce ne soit l'ozone ? Lors d'une journée en mer, cela lui arrivait souvent.

Son cœur battait fort contre ses côtes. Il ne pouvait nier qu'il était heureux de pouvoir la rendre heureuse.

Et malheureuse.

Malgré la lumière et le sourire éclatant de Frankie, il n'oubliait pas comment cela s'était terminé la dernière fois qu'il avait usé de ce pouvoir. Dévoré de culpabilité, il se rappela l'échec lamentable de son mariage et de son divorce.

Harriet appartenait à un passé qu'il avait préféré enfouir au plus profond de sa mémoire. Et cela avait marché, jusqu'à l'apparition de Frankie, avec son histoire et ses questions à elle. Soudain tout remontait à la surface.

Il serra les dents. Pas seulement les souvenirs, mais aussi les sentiments. Même si ce qu'il éprouvait pour Frankie n'avait rien à voir : elle avait besoin d'un ami, et lui, il avait envie de transformer quelques jours de sa vie en un long pique-nique. Rien de plus.

— À propos, je voulais te demander, quelles sont tes autres règles ? demanda-t-elle.

— Mes autres règles ?

— Oui, l'autre jour, tu m'as dit que quand tu rentrais chez toi, tu tenais à manger à table parce que c'était une des règles que tu t'étais fixées.

Comment avait-il pu dire ça ? Quelle prétention ! En réalité, il n'avait aucune règle. Ou plutôt si, mais pour Frankie, il en avait déjà transgressé deux. Elle n'était pas la première femme avec qui il sortait depuis Harriet, mais pour les autres, il avait toujours été plus ou moins indifférent à la perspective de les quitter après la nuit avec elles. Et jamais il ne les avait amenées chez lui.

Or, non seulement il avait passé plus d'une nuit avec Frankie, mais depuis plusieurs jours elle séjournait à Hadfield Hall. *Dans son lit.*

Une image d'elle telle qu'il l'avait vue le matin même, étendue sur les draps, lui fouetta les sens. Ce désir omniprésent lui inspirait un mélange d'amertume et de soulagement.

Sentant qu'elle l'observait, il haussa les épaules.

— Rien de très original : les règles qu'on se fixe pour

survivre dans un monde froid et violent. Ne jamais considérer comme acquis ni les choses, ni les gens.

Il avait prononcé les premiers mots qui lui étaient venus à l'esprit, mais en la voyant pâlir, il espéra avoir dit la vérité.

Le silence qui s'établit alors entre eux lui parut si lourd qu'il se pencha pour lui prendre la main.

— Frankie, je ne voulais pas…

— Ce n'est pas grave, je sais que ce n'était pas de moi que tu parlais, mais tu as raison, dit-elle en baissant les yeux. Moi, j'ai trop tendance à tout considérer comme acquis.

Il sentit son cœur se serrer en entendant sa voix se fêler. Contrairement à lui, elle était incapable de dissimuler.

— Beaucoup d'êtres humains ont le même problème.

Avant que sa mère tombe malade, il avait considéré bien des choses comme acquises, dont ces journées passées sur le bateau de son grand-oncle, longues et fatigantes, mais durant lesquelles il avait l'impression d'être un héros chéri des dieux parce qu'il était en famille.

Difficile à croire aujourd'hui, mais à l'époque, il pensait vraiment être invulnérable, parce que l'amour de ses parents lui offrait une protection magique contre l'injustice et la douleur, et même contre la maladie et la mort. Mais leur monde bohème n'avait pas grand-chose à voir avec la vie « normale » que vivaient ses cousins et ses camarades d'école. Leurs mères à eux ne jouaient pas du violoncelle sur la plage. Leurs pères ne les autorisaient pas à sécher l'école pour leur apprendre à confectionner un martini parfait. Dans ce cocon enchanté de rires et d'amour, on préférait oublier la réalité, les lettres venant de l'hôpital, par exemple. Mais le cancer ne disparaît pas parce qu'on l'ignore.

Le souvenir du couple qu'avaient formé ses parents n'avait pas encore fini de se consumer dans son cœur. Cette brûlure était là pour lui rappeler ce qu'il arrive quand on laisse une personne prendre trop de place et qu'elle vient à disparaître, même s'il n'attendait pas la femme idéale capable de ranimer cette flamme.

Encore une différence entre Frankie et lui. Elle, elle y croyait encore, elle cherchait à tout reconstruire à l'identique, à trouver quelqu'un qui remplisse le vide de sa vie. Mais ce ne serait pas, ce ne pouvait pas être lui.

Son histoire avec Harriet était advenue alors que, comme Frankie, il était jeune, seul et dévasté par le chagrin. Il avait aimé Harriet, mais deux mois plus tard, il aurait tout aussi bien pu en aimer une autre, et ainsi de suite. Sauf que sa vie avait implosé. Ses sentiments pour elle s'étaient mêlés au chagrin qu'il ressentait, et ça avait fini par un désastre.

Il regarda les mains de Frankie.

Elles étaient petites et douces. Frankie était douce, il le savait maintenant. Trop douce pour un monde plus dur et plus brutal que l'Antarctique. Trop douce pour y vivre seule. Mais un jour, elle trouverait quelqu'un de spécial.

À l'évocation de cet homme sans visage et sans nom qui la serrerait dans ses bras, il sentit la morsure de la jalousie et enferma ses mains dans les siennes.

— L'important, c'est de vivre dans le présent, de se concentrer sur la réalité du moment.

— C'est pour cette raison que tu aimes tant naviguer ?

— Je ne l'ai jamais envisagé de ce point de vue, mais peut-être, dit-il en portant ses mains à ses lèvres pour les embrasser. *In vino veritas.*

— Je n'ai pourtant pas bu à ce point-là, répondit-elle en regardant la bouteille avec une petite grimace. Oups… Au fond, peut-être. D'habitude, je n'aime pas le vin, mais celui-ci est délicieux. Comme tous tes vins, d'ailleurs.

Soudain, il éprouva une telle joie de vivre cette « réalité du moment » qu'il se mit à rire, d'autant qu'il pouvait en jouir en toute confiance, sachant qu'il contrôlait la situation.

— Mon père aurait été ravi de t'entendre. Le vin était une des trois grandes passions de sa vie.

Une lueur de curiosité passa dans les yeux bleus de Frankie, changeants comme la mer au pied des falaises, gris argent, indigo sombre puis couleur d'améthyste.

— Quelles étaient les deux autres ?

De nouveau, elle faisait resurgir le passé, l'image de sa mère, toujours aussi nette et douloureuse que durant les jours terribles qui avaient suivi sa mort. Pourtant, il se sentit obligé de répondre.

— La peinture... Et Helena, ma mère. Malheureusement pour mon grand-père.

— Pourquoi malheureusement ?

— C'est ainsi que mes parents se sont rencontrés. Mon grand-père a demandé à Lucien de faire le portrait de sa fille pour son vingt et unième anniversaire...

— Et ils sont tombés amoureux ! fit Frankie, rayonnante.

— Exactement. Ils se sont enfuis en Écosse pour se marier. Personne n'était au courant, jusqu'à ce qu'ils appellent de Gretna Green.

— C'est terriblement romantique !

Son excitation lui donna l'impression d'être vieux et usé. Tant mieux, car cela prouvait qu'il avait repris le contrôle. Un peu plus tôt, il s'était senti vaciller sur ses bases, mais ce n'était que momentané.

— Ce n'était pas l'avis de mes grands-parents, répondit-il en soutenant son regard. Ils étaient furieux, et ça se comprend. Helena n'avait que vingt ans, et Lucien n'était pas le parti idéal.

— C'était pourtant un artiste célèbre.

— Oui, mais il avait quarante-cinq ans et déjà deux mariages derrière lui. Et puis, à l'époque, il n'était pas si connu. De plus, ils envisageaient pour leur fille un autre mari bien plus convenable. Donc, mes oncles sont allés la chercher et l'ont ramenée ici malgré ses cris et ses pleurs.

— Vraiment ?

— Oui. Mais Lucien a alors surgi dans la maison, revolver au poing, et il a menacé mon grand-père de le tuer.

— Et qu'est-il arrivé ? questionna-t-elle avec impatience.

— Moi. Ma mère était enceinte, et mes grands-parents ont compris qu'ils se battaient pour une cause déjà perdue.

Au regard embrumé de Frankie, il sut qu'elle était en train de tomber amoureuse de cette histoire, et il en ressentit comme une sorte de vertige. Une brèche venait de s'ouvrir tout au fond de lui.

— Un vrai conte de fées, murmura-t-elle.

Sauf que les contes de fées ne se terminent pas par la mort et le désespoir.

— Tu crois vraiment ? lança-t-il, non sans amertume.

— Bien sûr. C'est tellement romantique !

Évidemment, elle voulait croire aux lendemains qui chantent. La vraie fin de l'histoire ne l'intéressait pas.

— Cela dépend du sens que tu donnes au mot « romantique », répondit-il avec un haussement d'épaules.

— L'amour finit toujours par triompher.

Il détourna la tête pour échapper à la candeur qu'il lisait dans ses yeux bleus.

— Désolé, mais je ne suis pas de ton avis.

Frankie considéra Arlo, désemparée.

Elle passait une journée merveilleuse, pas seulement à cause du plaisir de naviguer et de pique-niquer, mais surtout à cause du changement d'attitude d'Arlo.

Peut-être à cause de la liberté qu'il ressentait sur son bateau, ou parce qu'elle lui avait parlé de sa propre famille la veille, elle en avait plus appris sur lui dans la dernière demi-heure qu'au cours des quatre jours précédents. Mais voilà que, de nouveau, il se murait en lui-même.

— Je ne comprends pas, répondit-elle. Comment peux-tu à la fois me raconter cette histoire et prétendre que tu ne crois pas à l'amour ?

— Ce n'est pas ce que j'ai dit. L'amour de mes parents

m'a toujours paru comme un tour de magie si fascinant qu'on ne pouvait pas regarder ailleurs, dit-il en fixant l'horizon. Il était tellement intense et spectaculaire qu'il rejaillissait sur leur entourage, dont moi, et nous enveloppait dans une incroyable lumière, comme le soleil.

Sa bouche se tordit en un rictus douloureux.

— Mais le soleil n'est qu'une grosse étoile. Toutes les étoiles s'éteignent un jour, et la nuit tombe sur ce qui reste.

Frankie frémit.

Elle savait depuis cette nuit-là ce qu'était une chute terrifiante dans l'abîme. Mais si Arlo ne lui avait pas révélé qu'il avait perdu ses parents, jamais elle n'aurait cru qu'il en avait fait l'expérience. Il semblait si maître de lui, si irréductible.

Mais que savait-elle vraiment de sa vie, de son passé ?

En hésitant, elle lui saisit la main crispée et la serra.

— Quel âge avais-tu quand elle est morte ?

Après un long silence, il finit par répondre.

— Treize ans. Je venais d'entrer à Eton. Je n'y suis pas retourné. Je n'ai pas pu. Johnny n'avait que deux ans, et Lucien était dans un état…

— Personne ne vous a aidés ?

— Des tas de gens se sont manifestés. La famille, des amis… Et les employés se sont tous mis en quatre, dit-il d'une voix rauque, comme s'il se retrouvait dans cette grande maison en deuil. Mais mon père ne voulait pas qu'on l'aide. Ce qu'il voulait, c'était elle. Et quand il a compris que c'était impossible, il s'est mis en rage contre le monde entier.

Elle frissonna.

Il parlait comme il écrivait, choisissant chaque mot avec précision, ce qui accentuait encore le pathétique de l'histoire.

— Qu'a-t-il fait ?

— Il s'est mis à boire. Il a détruit son atelier et brûlé ses tableaux – pas tous, Constance en a sauvé quelques-uns. Puis il s'est complètement laissé aller. Il mangeait à peine et passait ses journées en pyjama.

— Qui s'occupait de toi et de Johnny ? demanda-t-elle d'une voix étranglée, en imaginant Arlo seul dans Hadfield Hall avec son petit frère et cet homme dévasté et plein de colère.

— Au début, les gouvernantes se sont succédé. Elles aimaient bien Johnny, mais mon père leur faisait peur, alors elles ne restaient pas. Constance faisait de son mieux pour nous aider, mais le plus souvent, c'était moi que Johnny réclamait, et à la fin nous nous sommes contentés de survivre.

Johnny lui avait bien dit que c'était Arlo qui l'avait élevé, se souvint-elle, le cœur serré, mais elle ne l'avait pas cru.

— Et toi ? souffla-t-elle.

— Moi, je n'avais plus besoin qu'on s'occupe de moi, dit Arlo avec un rictus. Et puis, contrairement à Johnny, je n'avais pas un caractère facile.

Elle acquiesça.

Elle n'avait aucun mal à s'imaginer Arlo en adolescent sombre et gauche muré dans son chagrin. Évidemment, les gouvernantes devaient préférer Johnny, tellement beau et bien moins compliqué. Pourquoi le monde était-il si cruel ?

— Comme je regrette qu'il n'y ait eu personne pour prendre soin de toi !

— Tu te trompes, Frankie. Mes oncles et tantes ont fait tout ce qu'ils pouvaient. Ils ont géré nos finances et l'entretien de la maison. Mais je ne les ai pas laissés s'occuper de Lucien ni de Johnny. Comme tu le sais déjà, je peux me montrer très stupide parfois.

— Pourquoi ne les aurais-tu pas laissés t'aider ?

Un moment, il demeura silencieux, perdu dans ses pensées avant d'esquisser un sourire.

— Je suppose que j'essayais de me racheter.

— « Te racheter ». Je ne comprends pas.

— Je savais qu'elle était malade, répondit-il d'une voix blanche, en captant son regard. Tout le monde le savait. Mais mes parents vivaient dans un monde imaginaire où régnaient sans partage l'amour, la beauté et l'art. Ils s'efforçaient d'ignorer la réalité. Moi, je ne voulais pas être le seul à regarder la vérité en face, alors j'ai réussi à me convaincre de ne rien faire, moi non plus… J'ai voulu me persuader que leur amour triompherait de tout, même si je savais que c'était faux, reprit-il, les yeux tournés vers l'*Eolus* qui tanguait au gré des vagues. J'ai fait le mauvais choix : j'ai laissé mes sentiments dominer ma raison. Après l'enterrement, je me suis juré de ne jamais recommencer.

Elle eut l'impression qu'un vent glacé s'était levé.

— C'est pour cela que tu es devenu un scientifique. Et que… Que tu ne crois pas à l'amour.

Cela lui fit mal de prononcer ces derniers mots. Bien plus que cela ne l'aurait dû. Presque plus que de savoir qu'il s'était retrouvé si seul, si perdu.

— Je n'y ai pas cru pendant longtemps, répondit Arlo en captant son regard. Mais maintenant, j'y crois de nouveau.

Elle ne répondit pas, soudain incapable de prononcer le moindre mot, retenant son souffle en attendant qu'il reprenne.

— Pour les autres, je veux dire. J'aurais pu – j'aurais dû – faire quelque chose, et je ne l'ai pas fait. J'étais comme un enfant qui regarde les flammes consumer sa maison. Je sais, tu vas me dire que, justement, j'étais un enfant…

— Ce qui est la vérité, coupa-t-elle d'une voix rauque.

— Je ne m'attendais pas à ce que tu comprennes.

Mais elle le comprenait, pourtant. Absolument. L'amour l'avait détruit, l'avait trompé. Rien d'étonnant à ce qu'il ait tourné le dos au monde et choisi de passer sa vie aux fins fonds glacés de l'Antarctique et de n'accorder sa confiance qu'à la science, aux data et aux faits. C'était horrible et douloureux, mais très compréhensible : puisqu'il avait échoué à sauver sa mère, il essayait de sauver le monde.

Elle aussi éprouvait le besoin de se racheter, de partager le sort commun, submergée par sa culpabilité…

Son cœur se serra.

Qui cherchait-elle à tromper ? Sa propre conduite égoïste de cette nuit-là n'avait rien à voir. Pourquoi attribuer à Arlo le fardeau de sa propre culpabilité ?

Du bout des doigts, elle lui caressa la joue.

En fermant les yeux, elle sentait à peine la cicatrice. Mais les cicatrices sont comme des icebergs, les ravages dont elles attestent sont profondément enfouis.

— Crois-le ou non, je te comprends, murmura-t-elle.

Si seulement cela suffisait pour guérir ses plaies invisibles… Mais elle n'avait rien d'autre à lui offrir.

Dès qu'ils furent remontés à bord de l'*Eolus*, Arlo voulut se diriger vers le pont, mais Frankie lui prit le poignet.

— Je dois faire le point avec l'équipage pour vérifier que tout va bien, protesta-t-il.

— Ils peuvent très bien se débrouiller sans toi.

— C'est une mutinerie ?

— Exactement, dit-elle en l'attirant à elle.

En fait, elle avait un moyen de soulager le chagrin. Le sien et celui d'Arlo. Un moyen dont elle était en mesure d'user.

— Hier, tu t'es bien occupé de moi, dit-elle en glissant la main entre ses cuisses. Aujourd'hui, c'est moi qui vais m'occuper de toi.

Sans lui laisser le temps de protester, elle le guida vers leur cabine.

8.

Arlo se retourna dans le lit vers la porte ouverte de la salle de bains.

Frankie était sous la douche, et malgré le ruissellement de l'eau, il pouvait l'entendre chanter. Il ne distinguait pas les paroles, mais quand on chante sous la douche, c'est qu'on est heureux, et c'était ce qui comptait.

Les yeux dans le vide, il repensa à leur pique-nique sur la falaise. Normalement, il n'aurait pas dû lui parler. Elle n'était pas la première à l'interroger sur ses parents, et d'habitude, il réussissait sans problème à changer de sujet. Mais hier, il n'avait pas pu s'empêcher de parler. Pour finir, il avait vraiment perdu le contrôle, et il avait tout confessé.

Sauf Harriet.

Mais pourquoi aurait-il mentionné son ex-femme ? Cela semblait si loin, maintenant.

Il avait rencontré celle-ci à la fac, quelques semaines après la mort de son père, alors qu'il était sous le choc. Il avait honte de l'avouer, mais elle avait surtout été pour lui une épaule sur laquelle pleurer. Sinon, l'aurait-il épousée ? Il était jeune, et l'impulsion qui le poussait à se marier avec une femme qu'il connaissait à peine lui avait semblé à la fois un hommage rendu à l'amour de ses parents, et une occasion d'offrir à Johnny une vie plus stable. Mais ce mariage s'était terminé avant même d'avoir commencé, confirmant ce qu'il savait déjà, que l'amour exige une confiance aveugle en la vie – confiance qu'il avait perdue.

Son cœur se serra.

Peut-être était-ce une bonne chose d'y repenser, après la nuit précédente. Il n'était fait ni de pierre ni de glace. Même s'ils n'avaient pas couché ensemble, il se serait intéressé à Frankie, dont l'histoire l'avait touché profondément. Pourtant, entre eux, il ne s'agissait que de sexe, et peut-être aussi, chez lui, du désir d'aider quelqu'un qui en avait besoin.

Il contempla la trace laissée par la tête de Frankie sur l'oreiller. La nuit précédente, après qu'elle s'était endormie, il avait cherché sur Internet des informations sur l'accident qui avait détruit sa famille, et les photos qu'il avait trouvées lui avaient donné la nausée : des débris partout, une aile arrachée ; l'avion ressemblait à un vêtement mouillé qu'on aurait tordu. Ces clichés allaient rester longtemps gravés dans sa mémoire. Tout comme l'expression de Frankie quand elle avait évoqué le crash.

Elle lui avait paru si frêle, si jeune, si perdue…

Une douleur le traversa, qu'il connaissait bien. Maintenant encore, il lui arrivait de la ressentir en évoquant les mois passés à voir sa mère se recroqueviller sur elle-même. Et après sa mort, son père cesser d'être le colosse exubérant de son enfance pour devenir lui-même comme un enfant coléreux muré dans son chagrin.

Pourtant, il avait eu la chance de garder Johnny et sa famille maternelle, qui avait pris l'enfant en charge quand il l'y avait autorisée.

À propos de sa famille…

Il ouvrit sa table de chevet et en tira l'invitation au dixième anniversaire de mariage de son cousin Davey, qui lui demandait de prononcer quelques mots à cette occasion.

Il n'avait pas projeté d'y aller, prétextant son travail et le fait qu'il n'aurait pas dû se trouver en Angleterre à cette date s'il n'y avait pas eu ce problème d'avion.

Évidemment, Davey n'en ferait pas toute une affaire, mais

il serait sûrement déçu, et cela ajoutait encore au sentiment de culpabilité d'Arlo.

Il avait beau adorer sa famille, il fuyait ce genre de réjouissance qui générait en lui une émotion insupportable.

Davey comprendrait. Il allait l'appeler pour lui expliquer…

La douche s'était arrêtée. Il reposa l'invitation, s'allongea sur le dos, et en voyant Frankie rentrer dans la chambre, il oublia instantanément son cousin et sa fête.

Elle avait relevé ses cheveux en chignon au sommet de sa tête et s'était enveloppée dans une serviette qui laissait ses épaules nues et qu'il eut immédiatement envie de faire glisser.

— Alors, cette douche ?

— Délicieuse. L'eau est si chaude qu'on y passerait des heures.

Il lui prit la main pour l'attirer vers le lit.

— Nous utilisons l'énergie hydroélectrique.

— Les vagues ?

— En quelque sorte. Il y a des cavernes sous l'île. Quand la mer les remplit, nous utilisons des pompes à vis pour capter l'énergie. Un genre de pompe volumétrique à flux inversé…

Frankie le contempla d'un air un peu dépassé.

— Y a-t-il seulement quelque chose que tu ignores ?

Oui, des tas de choses. Par exemple, comment pouvait-elle être aussi belle avec des cernes sous les yeux ? Ou comment avait-elle pu sortir vivante du crash de l'avion ?

Chassant cette pensée, il l'attira à lui.

— Beaucoup, mais si un sujet m'intéresse, j'essaie de l'explorer à fond.

— Je vois, répondit-elle en se blottissant contre lui. Et en général, quels sont les sujets qui t'intéressent ?

— Eh bien, depuis quelque temps, je me passionne pour les réseaux sociaux, dit-il en la regardant défaire son chignon et secouer la tête.

— Rien d'autre ?

— Si, le billard, dit-il en prenant les seins de Frankie dans ses paumes pour en agacer doucement les bouts.

Elle s'arqua contre lui en poussant un long gémissement.

Il baissa la tête pour l'embrasser avec un grognement de plaisir en la faisant rouler sur lui, soumis à un désir irrésistible qu'il ne cherchait plus à contrôler.

Un peu plus tard, blottie contre Arlo, Frankie posa la tête sur sa poitrine pour écouter battre son cœur.

Elle avait du mal à reprendre son souffle.

Chaque fois, elle redoutait que ce ne soit plus pareil, que le charme n'opère pas, que la magie soit rompue. Mais le sortilège demeurait le même.

Ou plutôt non, pas le même ! Cela dénoterait l'ennui, au lit comme dans la vie, alors qu'Arlo se montrait toujours aussi audacieux, inventif et infatigable.

Avec lui, elle se sentait bien. Son corps était immense, tiède et fort. Même au cœur du cyclone, quand son sexe durci pénétrait le sien, elle percevait son équilibre. Et après, quand elle reposait dans ses bras, elle se sentait si paisible, si protégée.

Fermant les yeux, elle enfouit le visage au creux de son épaule pour mieux respirer son odeur, le corps alangui contre le sien.

En quelques jours, tout avait changé. Elle ne comprenait pas comment elle avait pu le trouver naguère horrible, brutal et arrogant. Et ce n'était pas simplement l'effet du sexe. La veille, il s'était montré particulièrement aimable avec elle, très doux, presque tendre en fait, et elle aussi elle éprouvait de la tendresse à son égard, surtout après ce qu'il lui avait dit de ses parents…

C'était normal, songea-t-elle, sur la défensive. Pas comme si elle était amoureuse de lui ou quoi que ce soit de ce genre.

— À quoi penses-tu ?

Il la contemplait, les yeux fixés sur son visage, et elle espéra qu'il ne pouvait pas lire dans ses pensées.

— À la beauté du paysage, répondit-elle.

Du bout du doigt, il effleura la courbe de ses hanches.

— Tu es plus belle encore.

— Tu as prévu quelque chose aujourd'hui ? s'enquit-elle en s'écartant de lui. Je veux dire, à part *ça* ?

— Non, rien. Je suis à ta disposition.

Elle poussa un léger soupir.

D'une certaine façon, elle était soulagée de sentir l'exigence de son désir, cela lui rappelait que ce n'était que du sexe. Mais elle avait un tel besoin de lui – oui, un besoin, une nécessité, comme l'air ou l'eau – que ça commençait à lui faire peur : elle n'arrivait plus à imaginer la vie sans lui !

Sauf qu'il allait bientôt falloir revenir à la réalité. Elle ne pouvait pas rester là définitivement. Sa vie était à Londres, et cela n'allait pas changer. Même si Arlo lui faisait bien l'amour et se montrait exceptionnellement aimable, inutile d'imaginer que ça durerait toujours.

— Je me demande quelle heure il est, dit-elle.

Pour se prouver qu'elle était capable de s'arracher à la tiédeur de son corps, elle se pencha au-dessus de lui pour regarder sa montre.

— Excuse-moi, reprit-elle en ramassant la carte qu'elle avait fait tomber par terre.

Sans le vouloir, elle y jeta un coup d'œil.

Une invitation à un anniversaire de mariage.

— Qui sont Davey et Serena ?

— Mon cousin et sa femme. Ils sont mariés depuis dix ans, répondit Arlo sur un ton sec.

L'intimité qu'ils avaient partagée s'était évanouie, il semblait au contraire méfiant, sur ses gardes.

— Comme c'est merveilleux ! Et ils donnent une fête. Mais ne crains rien, je ne cherche pas à me faire inviter. Je serai partie depuis longtemps le…

Elle s'interrompit en découvrant la date.

— Mais c'est aujourd'hui ! Je ne comprends pas. Pourquoi ne m'as-tu rien dit ?

— Pourquoi t'en aurais-je parlé ? Je n'avais pas l'intention d'y aller, répondit-il sur un ton dissuasif.

— Mais pourquoi ? C'est une grande occasion ! Ce n'est pas à cause de moi, au moins ?

— Je regrette d'avoir à te le dire, Frankie, mais tu n'as pas bouleversé ma vie, déclara-t-il d'une voix dure. N'oublie pas que nous étions d'accord pour ne pas trop accorder d'importance à cette histoire.

— Je m'en souviens, répondit-elle, bouleversée par tant de froideur.

— Très bien, dit-il en se levant, mais soyons clairs : pour le moment, mon agenda ne dépend pas de toi.

— J'en suis parfaitement consciente. Mais j'ai craint un instant que tu aies refusé d'y aller par ma faute. À moins que tu n'aies une autre raison ? insista-t-elle. C'est quand même l'anniversaire de mariage de ton cousin.

Arlo enfila son pantalon en faisant non de la tête.

— La raison ne regarde que moi.

Elle respira un coup pour tenter de maîtriser sa colère.

— Pourquoi te comportes-tu de cette façon ? J'essayais simplement d'être aimable, dit-elle en faisant un pas vers lui, les poings serrés. Que se passe-t-il ? Je ne comprends pas…

— Je vais t'expliquer, dit-il d'une voix blanche. Ce que je fais, où je vais et où je ne vais pas, tout ça n'a rien à voir avec toi. Pas plus que ma famille.

Sa colère céda soudain la place à un chagrin profond, si douloureux que les larmes lui montèrent aux yeux.

— Tu as raison, ça ne me regarde pas. Ce n'est pas moi qui suis concernée, j'ai eu tort de l'oublier un instant. J'ai pensé à moi, qui donnerais tout pour revoir ma famille.

— Frankie !

— Je n'ai pas besoin de ton réconfort.

— Je t'en prie, ne pleure pas ! Jamais je n'ai voulu te faire pleurer, dit-il en la prenant par les épaules. Je regrette. Je ne sais pas ce qu'il m'a pris de te dire ça. Ce n'est pas vrai, et je ne voulais pas te contrarier…

Son remords était aussi sincère que sa souffrance à elle.

— Le monde ne tourne pas autour de toi, Arlo. Si je suis triste, c'est parce que j'ai perdu ma famille. Tu m'as fait penser à eux, alors que ça fait deux ans que j'en étais incapable, alors c'est plutôt une bonne chose…

C'était la vérité. Elle ne se sentait plus si seule face à sa douleur. En réalité, il lui semblait au contraire mieux contrôler la situation.

— Ça m'est égal de me sentir triste, mais pas que tu me parles de cette façon. Je ne mérite pas que…

— Non, tu ne le mérites pas, dit Arlo en l'attirant contre lui. Excuse-moi.

Jamais elle n'avait vu cette expression sur son visage. Il semblait soudain plus jeune, troublé, peu sûr de lui.

— C'est à cause de cette fête d'anniversaire, reprit-il. Contrairement à toi, je ne suis pas quelqu'un de sociable.

Elle le contempla, déroutée, car il semblait entretenir d'excellentes relations avec le personnel de maison, et Johnny l'adorait.

— Vraiment ? Même avec ta famille ?

— Justement. Je les aime bien, mais j'ai du mal à me retrouver avec eux tous réunis. Néanmoins, tu as raison, reprit-il après un court instant de réflexion. Cette fête est une grande occasion, et je me dois d'y assister. D'ailleurs, j'aimerais que tu m'accompagnes.

— Arlo, tu n'as pas besoin… Ce n'est pas pour autant que…

— Je sais, mais je voudrais que tu viennes.

— Sérieusement ?

— Oui, dit-il en lui prenant la main. S'il te plaît, Frankie, viens avec moi. La maison de Davey est très agréable. Il y a une piscine et des chevaux, et demain, il a prévu d'organiser un tir au pigeon d'argile.

— C'est tentant, mais je n'ai rien à me mettre.

— La robe que tu portais l'autre soir sera parfaite, et je te promets de ne pas te l'ôter cette fois-ci.

Leurs regards se croisèrent, et elle sentit une onde brûlante passer des mains d'Arlo dans les siennes.

Au fond, pourquoi pas ? Ce serait sympa de s'habiller et de danser. Et puis, Arlo avait vraiment l'air d'avoir des difficultés avec ce genre de situation. Ses yeux tombèrent sur la cicatrice qui marquait sa poitrine. Il l'avait tellement aidée. Peut-être était-ce à son tour de le faire.

— Tu es certain que ça ne va pas contrarier ton cousin de me voir débarquer comme ça ?

— Je vais le prévenir, mais ça ne le gênera pas du tout. Il est très sympa. Gentil. Dévoué. Un peu coincé à cause de son titre : vicomte Fairfax. La maison est impressionnante, mais au fond, ce sont des gens normaux qui vivent très normalement, et ce sont des fêtes de famille normales.

Elle acquiesça. À Londres, pour son travail, elle rencontrait des tas de gens très différents. Brusquement, elle repensa à sa propre famille, et son cœur se serra. Pour elle, le pire était d'avoir été la seule à survivre. Pourquoi avait-elle été épargnée ? Mais ce dont elle était sûre, c'était qu'elle n'avait pas le droit de gâcher sa vie : elle devait se montrer digne d'eux.

— Tu ne me crois pas ? reprit-il.

Elle leva la tête en s'efforçant de sourire pour dissimuler les sentiments contradictoires qui la déchiraient.

— Si, mais je ne voudrais pas poser problème.

— Ce ne sera pas le cas.

— Toi, tu n'as rien à prouver.

Il hésita, et elle se demanda si, comme elle, il repensait au moment qu'ils avaient passé ensemble sur la falaise qui dominait Hadfield Hall.

Arlo n'avait rien à prouver, ils le savaient tous les deux. Ce n'était pas comme elle.

— Tout le monde a quelque chose à prouver. Regarde Davey, par exemple. Il possède une immense propriété, mais ce n'est pas lui qui l'a acquise, il en a hérité de son père, tout comme de son titre. Ça, c'est la partie facile, mais maintenant, il faut qu'il l'entretienne pour que son fils puisse en hériter à son tour, et il fait de son mieux.

— Moi aussi, je fais de mon mieux, répondit-elle d'une voix enrouée par l'émotion qu'elle ne voulait plus dissimuler. Après l'accident, je me suis juré de faire tout mon possible pour pouvoir me dire que ma famille aurait été fière de moi.

— Ils le seraient, j'en suis certain, Frankie, dit Arlo en esquissant le geste de lui prendre le menton.

Mais elle s'écarta pour l'en empêcher.

— De quoi seraient-ils fiers ? Que je passe ma vie au téléphone ? Que j'aie raté mes examens et que j'aie été virée de la fac ? Est-ce ce que la plupart des parents souhaitent pour leur enfant ? Ce n'était pas leur genre.

Ils étaient plutôt comme Arlo, réussissant brillamment tout ce qu'ils entreprenaient.

— Mon père était pédiatre et ma mère avocate. Harry était interne des hôpitaux, Amelie juriste. Mais ils n'avaient pas la grosse tête, ils étaient très sympas…

Plus que sympas, même : honnêtes, fiables. Ils auraient mérité mieux de la vie, et elle-même se sentait plus coupable que jamais.

— Frankie, tu es vraiment quelqu'un de bien, et je suis certain que ta famille en était aussi convaincue que moi ! dit Arlo, sur un ton si véhément qu'elle en fut ébahie.

Ses mains se posèrent sur elle, et elle se sentit un peu rassérénée. Peut-être au fond avait-elle fait les bons choix ?

Reconnaissante qu'il cherche à la rassurer, elle se pencha pour l'embrasser tendrement sur la joue.

— Toi aussi, tu es quelqu'un de bien.

Depuis qu'elle avait perdu sa famille, jamais elle n'avait envisagé de se lier à qui que ce soit. Cette perspective lui faisait peur parce qu'elle représentait le risque d'aimer quelqu'un et de le perdre. Elle avait tenu les autres à distance et construit des barrières émotionnelles entre eux et elle. Et puis, Arlo avait surgi. En le découvrant si vulnérable, elle avait senti s'ouvrir en elle une fêlure. Mais elle devait garder la tête froide. Un jour, peut-être serait-elle capable d'aimer et d'être aimée, mais pas ici, pas encore, pas par lui. Leur relation devait demeurer éphémère, et la tendresse qu'elle éprouvait n'était que la conséquence de sa solitude.

Et surtout, Arlo, lui, ne croyait pas à l'amour.

— Tu t'amuseras bien, je te le promets. Et maintenant, va t'habiller et préparer tes affaires. J'ai encore un ou deux coups de fil à passer.

Arlo jeta un coup d'œil discret à sa montre et sentit son ventre se crisper.

Déjà si tard ! Frankie avait mis presque une heure et demie à se préparer mais il avait attendu patiemment, sans la brusquer, de peur de la stresser davantage. Auparavant, elle s'était montrée nerveuse, mais maintenant, elle avait l'air de bonne humeur, et c'est lui qui se sentait anxieux.

Ou plutôt partagé. D'un côté, il avait envie d'y aller, pour lui faire plaisir. De l'autre, il redoutait cette épreuve : contrairement à Johnny et à leurs parents, il n'était pas très sociable et avait du mal à supporter les grandes réunions. Il craignait surtout que cette fête pour le dixième anniversaire du mariage de Davey et Serena ne lui rappelle l'échec de sa propre union. Il avait du mal à le reconnaître, et il en aurait davantage encore à l'avouer à Frankie.

— J'ai demandé à Robert d'avancer la voiture, dit-il à celle-ci tandis qu'ils descendaient l'escalier. Mais je vais prendre le volant.

— Je n'arrive toujours pas à croire que je connais quelqu'un qui a un chauffeur ! déclara-t-elle.

— Cela me permet simplement de me concentrer s'il le faut sur autre chose que sur la conduite.

Elle lui jeta un regard qui lui fit perdre contenance.

— Tu es complètement obsédée, murmura-t-il.

— Parle pour toi, dit-elle en le toisant d'un air malicieux.

— Si tu continues à me regarder comme ça, je vais devoir te mettre dans le coffre.

— Tes menaces sont lettre morte, Milburn. Une Land Rover n'a pas de coffre.

— Nous n'allons pas prendre la Land Rover, dit-il en ouvrant la porte d'entrée.

Frankie fit un pas en avant et poussa un cri.

— Une Rolls-Royce !

L'excitation dans sa voix procura à Arlo une étrange satisfaction.

— C'est donc cette voiture que conduit Robert, reprit-elle en riant. Je me demandais pourquoi tu ne conduisais pas toi-même ta Land Rover, mais une Rolls, c'est différent.

Elle fit quelques pas pour effleurer du bout des doigts la figurine d'argent surmontant le bouchon du radiateur, et il ne put s'empêcher de se rappeler ses mains sur son corps.

— Elle porte un nom ?

— Bien sûr. Spirit of Ecstasy.

— Ça ne s'oublie pas… Nous y sommes ? s'enquit-elle un peu plus tard, en regardant par la vitre les hautes grilles de fer forgé encastrées dans le mur de brique.

— Oui, voici Stanhope Park, répondit-il en se penchant pour composer le code d'entrée.

Les grilles s'ouvrirent, et tandis que la voiture remontait l'allée, Frankie, très impressionnée, se carra dans son siège, les joues roses d'excitation.

— Waouh ! Impressionnant ! s'exclama-t-elle lorsqu'il s'arrêta devant le bâtiment.

— Tout va bien ? demanda-t-il en se tournant vers elle.

— Oui… Enfin, balbutia-t-elle, brusquement paniquée, tu les as avertis à notre sujet ? Tu leur as parlé de moi, de notre relation ?

Il la fixa en silence, soudain désarçonné.

Elle avait raison. C'était la première question qu'on lui poserait, sauf que, stupidement, il n'avait pas jugé nécessaire jusque-là de définir cette relation. Sans savoir pourquoi, il était incapable de mettre un nom sur ce qu'il éprouvait pour Frankie.

Mais inutile de compliquer la situation, ce n'était qu'un caprice auquel il ne devait pas accorder trop d'importance.

— Mieux vaut rester au plus près de la vérité, ce sera plus simple : tu es une amie de Johnny, tu vis à Londres, et tu es venue passer le week-end à la campagne.

— Très bien, acquiesça-t-elle après un petit silence.

La porte de la maison s'ouvrit, et trois labradors surgirent en bondissant, suivis d'un grand homme blond.

— Je te présente Davey, mon cousin.

Concernant son cousin, Arlo n'avait pas menti, songea Frankie en les suivant à l'intérieur. Il avait l'air parfaitement normal. Pourtant, il était difficile de ne pas se sentir intimidé en pénétrant dans Stanhope Park. La maison était immense, et si Davey n'avait pas porté une chemise à carreaux, un jean et des richelieus, elle se serait crue transportée en plein XVIIIe siècle : dorures étincelantes, tapisseries rococo et rideaux de brocart qui ressortaient sur les murs gris clair, beige ou vert pâle. La perfection jusque dans le moindre détail, se dit-elle en contemplant leur vaste chambre.

— Je vous laisse vous installer, dit Davey en lui souriant. Nous déjeunerons à 14 heures.

Le déjeuner. Elle traversa la pièce en effleurant du bout

des doigts le velours des sièges et les meubles polis avant de revenir vers Arlo qui la regardait en silence.

— Alors ? s'enquit-il.

— C'est un peu intimidant. Dois-je me changer pour déjeuner ? demanda-t-elle en désignant son jean et son T-shirt.

— C'est inutile. Mais à propos de vêtements, j'ai une surprise pour toi, dit-il en contournant le lit à baldaquin pour la guider vers le dressing. J'espère qu'elle te plaira.

Elle découvrit alors sur un cintre une robe de soie bleue en apparence toute simple : de fines bretelles et une jupe fluide… Mais en la retournant, elle sentit son pouls s'accélérer : dans le dos, le décolleté descendait jusqu'à la taille.

— Comment as-tu… ? balbutia-t-elle.

— Je l'ai fait livrer par coursier de Bond Street, répondit-il, attentif à sa réaction. J'ai regardé ta taille, elle devrait t'aller.

— Oh ! Arlo ! Elle est superbe, mais je ne peux pas accepter…

— Mais si ! N'oublie pas que je t'ai invitée. Après avoir parlé avec Serena, j'ai compris que la réception risquait d'être plus habillée que je ne l'avais pensé.

— Il va y avoir des diadèmes ?

— Non, mais la liste des invités ressemble à un annuaire des grands de ce monde. Comme ils aiment bien s'habiller, j'ai tenu à ce que tu te sentes à l'aise.

— De qui s'agit-il ?

— Il y aura d'autres cousins à nous, Jack et Arthur. Jack gère un fonds spéculatif et sa femme Charlotte tient une galerie d'art à Knightsbridge. Arthur possède une propriété à la frontière écossaise et sa femme Jemma est mannequin. Et puis, Tom qui a créé une association caritative spécialisée dans l'alphabétisation…

Soudain, Frankie se sentit mal, comme prise d'une poussée de fièvre.

Comment avait-elle pu accepter de venir là alors qu'elle

avait déjà si peu confiance en elle ? Comment faire bonne figure toute une journée devant la famille et les amis d'Arlo ?

— Désolée, mais je ne me sens pas capable de…

— De quoi ? coupa-t-il, visiblement stupéfait.

— D'être là, dans cette maison, avec tous ces gens, balbutia-t-elle, sentant monter en elle une panique froide, insurmontable. J'ai cru que je pourrais, mais c'est impossible. Je ne possède ni titre ni propriété.

— Et alors ? Moi non plus, je ne suis pas un lord…

— Mais il y en a dans ta famille. Et tu possèdes une île, s'écria-t-elle. Tu es allé tout seul au pôle Sud. Tous les participants à cette fête ont dû faire quelque chose d'extraordinaire, n'est-ce pas ?

— Toi aussi, dit-il en la prenant par les poignets. Écoute, Frankie, je sais que tu as toujours beaucoup de chagrin, mais il faut passer à autre chose. En finir avec cette culpabilité d'avoir survécu. Comme ces soldats qui ont honte d'être des survivants.

— Mais je *suis* coupable !

— De quoi ? D'avoir survécu à un accident imprévisible ?

— Pas d'avoir survécu. Je suis responsable de leur mort.

Arlo dévisagea Frankie en silence.

Elle avait l'air en colère, terrorisée, désespérée. Comme lui quand il avait treize ans.

— Ce n'était pas ta faute, Frankie. C'était un accident.

— Qu'est-ce que tu en sais ? s'écria-t-elle. Tu n'étais pas là.

— Non, mais il y a eu une enquête, et on a dû chercher à savoir ce qu'il s'était passé…

— Personne n'a su la vérité. Ce que j'ai fait.

— Alors, dis-le-moi. Dis-moi ce que tu as fait.

La colère qui habitait Frankie retomba soudain.

— C'est moi qui ai poussé mon père à piloter, ce soir-là. Il était fatigué et nous a dit qu'il était trop tard, alors j'ai fait toute une comédie pour rentrer tout de suite à la maison, parce que j'étais invitée à une fête idiote. Il ne voulait pas prendre les commandes, et je l'y ai forcé…

Il frémit en lisant tant de désespoir dans ses yeux.

C'était bien plus que du chagrin, et l'accident lui avait dérobé bien davantage que sa famille. Il lui avait enlevé sa confiance en elle. Pas seulement cette confiance partagée par tout enfant qu'il ne peut rien arriver de mal à quelqu'un de bien, mais sa confiance en elle, en la personne qu'elle pensait être.

— Ton père savait piloter, Frankie, dit-il d'une voix douce mais ferme. C'est lui qui a décidé de voler, pas ta mère ni aucun autre membre de ta famille, ni toi.

— Donc, d'après toi, c'était sa faute à lui ? dit-elle d'une voix de nouveau pleine de colère.

— Ni sa faute ni celle de personne d'autre, répondit-il en lui reprenant les poignets. Pas la tienne, en tout cas. Tu le voudrais parce que ta culpabilité, c'est aussi un moyen de te raccrocher à ceux que tu as perdus. Pourtant, tu ne supportes plus ni de penser tout le temps à eux, ni de parler d'eux. Si tu veux vraiment garder leur souvenir, tu dois admettre qu'ils ne sont pas morts pour que tu puisses vivre, et il faut te pardonner de n'être pas morte.

— Je ne sais pas comment faire, chuchota-t-elle.

— Moi si, mon cœur. Fais-moi confiance. Tu me fais confiance, n'est-ce pas, Frankie ? demanda-t-il en serrant ses mains dans les siennes.

— Oui, souffla-t-elle.

— Alors, tu as déjà fait le premier pas.

Elle fondit en larmes, et il la prit dans ses bras, les yeux humides lui aussi, concentré sur le moyen d'apaiser son chagrin. Tout en lui caressant les cheveux, il lui parla d'une voix douce, et peu à peu, sa respiration se fit plus sereine.

Pourquoi lui avait-il demandé de lui faire confiance ? Il n'avait pas besoin d'un boulet à traîner. Il aurait dû s'écarter d'elle, mais il restait là, à lui caresser les cheveux, et la tiédeur de son corps le poussait vers des régions où la solitude et le cynisme n'ont pas cours. Des régions qui, pour lui, n'existaient pas jusque-là.

Il relâcha son étreinte.

— Excuse-moi, je n'arrête pas de pleurer sur ton épaule… Tu ferais mieux de te changer pour le déjeuner, dit-elle. Ta chemise est pleine de mascara.

— Tu avais besoin de pleurer, dit-il en lui relevant le menton pour l'embrasser. Et j'ai des chemises de rechange.

— Tu es certaine de vouloir rester ? demanda-t-il en l'attirant de nouveau contre lui, ému par le sourire tremblant qu'elle lui adressait. Tu sais, tu n'es pas responsable de ce qu'il s'est passé. Personne n'est responsable. La vie est incertaine et cruelle, mais tu n'es plus seule. Je suis là.

Pas pour toujours, bien sûr, ils le savaient. Ils savaient que tout cela devait finir, l'un tout autant que l'autre.

9.

Frankie recula d'un pas pour s'examiner dans le miroir et contempla son reflet, plutôt satisfaite.

Elle s'était maquillée très légèrement : un peu d'ombre à paupières, du mascara et une touche de rose sur les lèvres. Elle avait relevé ses cheveux en chignon tout en libérant quelques mèches autour du visage. Cette superbe robe bleue était déjà tout un spectacle. Révélatrice et subtile à la fois. Sophistiquée et originale. La classe.

Elle se retourna pour se voir de dos par-dessus son épaule. Le décolleté descendait jusqu'aux deux fossettes au-dessus de ses fesses, et pourtant elle était à l'aise. Elle s'était déjà sentie plus vulnérable dans des tenues moins provocantes. De la main, elle lissa la soie chatoyante. D'une certaine façon, cette robe la protégeait. Et puis, ce soir, elle serait en compagnie d'Arlo.

Son sang courut plus vite dans ses veines.

Elle n'avait pas eu la moindre hésitation : sa confiance en lui était sincère, sans équivoque, comme lui. Comment aurait-il pu en être autrement, après tout ce qu'il avait fait, tout ce qu'il lui avait dit ?

Sa gorge se serra.

Après l'enquête, elle n'avait plus parlé à personne de l'accident ni du rôle qu'elle y avait joué. Elle s'était renfermée sur sa culpabilité, qu'elle avait préférée à la douleur de la perte. Sauf que, en se dissimulant la vérité, elle avait enfoui une part d'elle-même pour créer Frankie Fox, l'influenceuse au million d'amis. Aucun d'entre eux ne la connaissait, et il était facile de les tenir à distance.

Arlo, lui, elle n'avait pas pu le tenir à distance, et dans ses bras, elle avait commencé à entrevoir la vérité. Mais aujourd'hui, il ne s'était pas contenté de l'écouter : il l'avait contrainte à se confronter à cette vérité et lui avait prouvé que la culpabilité avait condamné sa famille à ne plus exister dans son souvenir que durant les quelques instants terribles où tout s'était brisé. Il lui avait permis de dépasser enfin cette terrible nuit. La douleur de les avoir perdus était toujours présente, elle le serait toujours, mais désormais elle pourrait vivre avec car leur souvenir brillait comme un diamant dans sa mémoire.

Elle n'avait pas compris comment Arlo s'y était pris, mais il l'avait sauvée une deuxième fois. Non pas d'une mer déchaînée, mais d'elle-même.

Elle aurait voulu lui dire quelque chose, mais quoi ? Merci, cela semblait trop anodin, et elle était incapable d'exprimer le mélange d'émotions qu'elle éprouvait. Peut-être le pourrait-elle après avoir bu une coupe de champagne…

Elle revint vers la chambre, se demandant s'il était prêt, et s'arrêta sur le seuil.

Il lisait sur le canapé, les cheveux encore humides de la douche, mais il avait déjà revêtu une chemise immaculée et un smoking qui mettait en valeur sa carrure impressionnante. Son nœud de cravate était parfait.

Si seulement elle pouvait passer la soirée à le déshabiller lentement…

Pourtant, il y avait quelque chose de bizarre dans sa posture, une sorte de calme peu naturel qui dissimulait une certaine tension. Elle se souvint de l'agitation qu'il avait manifestée un peu plus tôt. Il lui avait dit tout ce qui lui était passé par la tête, et sans doute plus qu'il ne l'aurait voulu. Sans vouloir l'admettre, il était à bout de nerfs. Ce soir, c'était à elle de prendre soin de lui, il le méritait bien.

Comme s'il avait senti son regard, il leva les yeux de son livre. Elle fit un pas avant de tourner sur elle-même.

— De quoi ai-je l'air ?

Il se leva sans cesser de la regarder.

— D'une vraie déesse, dit-il en se précipitant pour la prendre dans ses bras et poser les lèvres sur les siennes.

Elle sentit son corps fondre, sa peau devenir brûlante, et en quelques secondes elle oublia ses bonnes résolutions.

— Arlo…

— Je sais, je sais…

Elle lui essuya doucement la bouche pour en ôter les traces de rouge à lèvres.

— C'est déjà mieux, constata-t-elle sur un ton léger, mais je dois faire un petit raccord.

Une minute plus tard, elle était de retour.

— Je suis prête.

— Pas tout à fait, dit-il en lui tendant une petite boîte.

— Qu'est-ce que c'est ?

— Ouvre, et tu verras.

Un splendide bracelet de diamants brillait dans un écrin de velours noir.

— Tu n'aurais pas dû ! Tu m'as déjà offert cette robe magnifique…

Il prit le bracelet et le lui glissa au poignet.

— Voyons, chérie, ce sont les accessoires qui font une robe.

Mais à elle seule, cette robe était déjà parfaite. Un cadeau généreux, réfléchi, personnel. Évidemment, se dit-elle, il avait voulu lui faire plaisir, voir sa réaction. Il tenait toujours à tout faire comme il se devait. C'était ainsi qu'il avait été éduqué, et il ne fallait rien y voir de personnel.

— Arlo, il ne faut plus rien m'offrir.

— Pourquoi ? Ça me fait plaisir ! dit-il en la contemplant de ses yeux gris au regard si intense. Et tu tiens à me faire plaisir, n'est-ce pas ?

— Mais moi, je n'ai pas de cadeau pour toi…

Quand elle sentit ses lèvres se poser au creux de son cou, sa voix se fit plus rauque.

Cette réaction forte, immédiate, troublante, la ressentirait-elle toujours avec lui ? Et avec un autre, comment serait-ce ?

Il releva la tête.

— Nous ferions mieux de descendre, dit-il en lui prenant la main.

— Eh bien, allons-y, répondit-elle en souriant.

Dès qu'Arlo eut ouvert la porte de leur chambre, le bruit de la fête leur parvint d'en bas.

Une fois au milieu des invités, Frankie comprit vite que la plupart d'entre eux le connaissaient et qu'ils étaient étonnés de le voir. Lorsqu'il avait prétendu ne pas apprécier les fêtes de famille, il n'avait pas menti, même s'il le cachait bien : il souriait à la ronde, mais son bras était raide et crispé sous le sien, et elle le sentait mal à l'aise.

Paradoxalement, le sentir en difficulté lui donnait plus d'assurance pour circuler au milieu des gens en souriant et en bavardant. Cela ne lui posait aucun problème, bien au contraire, elle aimait ça. Et cela lui permettait de le soutenir, pour qu'il se sente protégé et en sécurité, comme elle quand il l'avait arrachée aux vagues.

Tandis qu'ils se dirigeaient vers la salle de bal, elle trouva la maison plus extraordinaire encore qu'à la lumière du jour. Il y régnait une atmosphère presque magique. Un vrai palais de conte de fées. Des guirlandes de lumière ruisselaient des murs, éclairant des bouquets de roses rose et crème, et les lustres illuminaient le damier de marbre du sol.

Les invités étaient eux aussi impressionnants : les smokings noirs des hommes mettaient en valeur les robes aux couleurs chatoyantes et les décolletés plongeants de leurs compagnes. Tout le monde paraissait heureux, détendu.

Tout le monde sauf Arlo, songea-t-elle en regardant à la dérobée les rides de tension autour de ses yeux.

Il prit deux coupes de champagne sur le plateau d'un serveur qui passait et lui en tendit une.

— Merci. Oh ! Qu'est-ce que c'est que cette peinture, au plafond ?

— Le type du milieu est mon arrière-arrière-arrière grand-père.

— Celui qui est à genoux devant la femme vêtue d'un drap blanc ? Oui, d'ici, je trouve qu'il te ressemble un peu.

Elle leva les yeux vers lui, frappée une fois de plus par sa taille, par l'austérité de ses traits et par la virilité qui émanait de lui. Certains hommes pouvaient être plus élégants et avoir des traits plus réguliers, mais Arlo était superbe. Et il faisait une demi-tête de plus que tous les autres.

— Qu'a-t-il donc fait pour se retrouver sur ce plafond ?

— Cette propriété lui a été donnée pour récompenser ses succès militaires sur les Français et les Bavarois.

— Tu as suivi ses traces ?

— Pas exactement. Quoique je me sois battu avec un géologue français à Svalbard il y a deux ans.

— Pourquoi ?

— Il avait critiqué mon attelage.

Elle éclata de rire et fut heureuse de constater qu'il avait l'air plus détendu.

— Ah, tu es là !

La voix de Serena, toute vêtue de lamé argent, s'accordait à son sourire chaleureux. À côté d'elle, dans un smoking noir impeccable, Davey était magnifique.

— Davey craignait que vous ne vous soyez perdus, il s'apprêtait à lancer un avis de recherche.

Arlo serra la main de son cousin et embrassa Serena sur la joue.

— Toujours aussi charmante, Lady Fairfax !

— C'est Frankie qui est magnifique, répondit Serena. Tu ne trouves pas, Arlo ?

Celui-ci la contempla un instant avant de hocher la tête.

— Tu as absolument raison.

Oui, songeait Arlo, Frankie était plus que belle. Elle était adorable, et quoi qu'il fasse, son regard restait rivé à elle. Le bleu doux de sa robe s'accordait merveilleusement à celui de ses yeux et semblait ruisseler sur son corps. Il devait faire un immense effort pour se retenir d'écarter les fines bretelles de son bustier.

Plus tard, se dit-il fermement tandis que son cousin Arthur se précipitait pour le saluer. Plus tard, dans leur chambre, quand ils seraient seuls, il la déshabillerait, la prendrait dans ses bras et laisserait son corps se glisser dans le sien. Mais ils n'en étaient pas encore là. Même si, avec Frankie à son bras, il trouvait la fête moins pénible qu'il ne se l'était imaginé.

L'excitation de sa compagne était contagieuse, et il était étonné de voir avec quelle facilité elle se liait avec les gens. Elle ne donnait pas l'impression de faire d'efforts. Alors qu'elle ne connaissait personne, elle semblait détendue et naturelle, chaleureuse même, en deux mots tout le contraire de lui. Ses yeux bleus brillaient de ravissement. Elle prenait les gens comme ils étaient, et lui aussi. Elle avait l'air d'apprécier de se retrouver en famille, et la sienne semblait lui aller comme un gant.

Comme si elle avait senti son regard, elle se retourna, et il sentit son sang courir plus vite dans ses veines.

Quand elle le regardait de cette façon, il était tenté de penser à l'avenir, aux choix déjà faits et encore à faire. Soudain, il était facile d'imaginer un monde différent, ensoleillé, où le ciel était toujours d'un bleu éclatant et où Frankie resterait à jamais dans son lit.

Mais ce rêve, il l'avait déjà poursuivi, et il n'avait réussi qu'à briser le cœur d'Harriet et à apporter une preuve supplémentaire de ce qu'il savait déjà : on ne peut pas se fier aux sentiments.

Quelqu'un l'appela de l'autre bout de la pièce. C'était Arthur, qui levait le bras en désignant sa montre du doigt : le moment qu'il redoutait était venu.

Il monta sur l'estrade dressée pour l'orchestre tandis que son cousin prenait un verre de champagne et en tapotait le bord impérieusement.

Autour de lui, tout le monde se tut.

— La plupart d'entre vous me connaissent, commença-t-il. Je suis Arlo, le cousin de Davey, dont nous fêtons aujourd'hui le dixième anniversaire de mariage avec Serena.

Il fut interrompu par une ovation et une salve d'applaudissements.

— Il y a dix ans, lorsqu'ils ont échangé leurs vœux, j'étais là comme la plupart d'entre vous. Ces vœux, ils les ont pleinement accomplis, dit-il en s'efforçant de sourire, comme nous savions tous qu'ils le feraient. Grâce à l'amour.

L'amour qu'il désirait tout autant qu'il le redoutait.

Il s'éclaircit la gorge.

— Un amour constant qui n'a pas changé et ne changera jamais au cours du temps ni dans les tempêtes, poursuivit-il.

Dans la masse des visages, il croisa le regard de Frankie, et il sentit son cœur se serrer en se rappelant ce qu'il lui avait dit de l'amour.

— C'est à cause de leur amour que nous les aimons et que nous aimons passer du temps avec eux. C'est cet amour qui nous rassemble tous ici ce soir…

Chaque mot remplissait sa bouche d'amertume et lui remémorait l'échec de son propre mariage, preuve que le bonheur éclatant de ses parents était pour lui hors d'atteinte.

En entendant quelqu'un tousser, il revint au présent.

— En somme, même si l'argent semble mener le monde, Davey et Serena nous prouvent que l'amour est plus puissant encore. L'amour qui les lie et qu'ils portent à leur charmant petit Bertie, l'amour qu'ils donnent à chacun d'entre nous. Aujourd'hui, termina-t-il en levant son verre, nous avons la chance de pouvoir célébrer cet amour. Alors, portons tous un toast à Davey et Serena qui nous font trouver la vie si facile et si agréable.

Une vaste ovation suivit son discours, et il éprouva un soulagement plus grisant que tous les champagnes : c'était terminé.

— Merci, mon pote, lui dit Davey, tremblant d'émotion, en l'étreignant.

— Je savais que tu me ferais pleurer, déclara Serena.

— Eh bien, maintenant, sèche tes larmes, emmène Davey sur la piste et profite de la fête, lui dit Arlo en l'embrassant sur le front. Tu ne tarderas pas à sourire de nouveau.

— Quel beau discours ! commenta Frankie.

Elle avait l'air à la fois heureuse et triste.

En la voyant, le soulagement qu'il avait éprouvé s'évanouit. Brusquement, une envie irrésistible le prit de la serrer contre lui pour apaiser cette impression que le monde se dérobait sous ses pieds.

— Veux-tu danser avec moi ? demanda-t-il.

Elle acquiesça, et il la prit par la main pour la guider vers la piste.

Enveloppé par son parfum et la douceur de son corps, à la fin de la deuxième danse, il était dans tous ses états. Elle s'en apercevait, évidemment.

Il se pencha pour lui effleurer la gorge.

— Si nous montions ? souffla-t-il. J'ai envie de toi, tout de suite.

Sans se soucier des autres invités, ils traversèrent la salle de bal pour rejoindre leur chambre au plus vite.

— Tu es certain que tu ne voulais pas rester ? lui demanda-t-elle en arrivant dans le hall.

— Jamais je ne me suis senti aussi certain de quoi que ce

soit, dit-il en la soulevant dans ses bras avant de s'engager dans l'escalier.

Dès qu'ils furent seuls dans la chambre et qu'il l'eut reposée, elle le prit par les revers de sa veste pour l'attirer à elle. Il referma la porte et l'y adossa. Haletante, elle défit sa ceinture, ouvrit son pantalon et le prit en main. En deux temps trois mouvements, il la hissa sur lui, souleva sa robe, écarta sa culotte et s'introduisit en elle. Enroulant les jambes autour de sa taille, elle s'ouvrit à ses baisers brûlants, cabrée contre lui, criant son nom.

Frankie leva son fusil, le cœur battant, et ferma un œil pour mieux voir la cible d'argile. Arlo lui avait expliqué les principes de base du tir qu'elle avait trouvés plutôt faciles. Quant à atteindre son but…

— Le poids du corps sur la jambe de devant, le genou plié, les fesses en arrière. Tu tires quand la cible arrive en haut de la courbe, murmura-t-elle pour elle-même. *Pull !*

Le petit disque s'éleva en l'air et – *bang !* – se désintégra avec un craquement satisfaisant.

En souriant, elle se tourna vers Arlo et Davey qui l'observaient.

— J'ai réussi !

— Bravo, murmura Arlo.

Elle abaissa la culasse du fusil pour le replier.

— J'ai fait exactement ce que tu m'avais dit, et ça a marché, dit-elle en esquissant une petite danse triomphale. Je ne pensais pas que ça me plairait autant.

— À moi, maintenant, dit Arlo.

Elle le vit s'écarter à pas lents. Puis il mit le fusil à l'épaule. Quatre coups de feu successifs retentirent et touchèrent leurs cibles avec une incroyable précision.

— Il a toujours été comme ça ? demanda-t-elle à Davey en soupirant. Je veux dire…

— Oui, toujours. Il est unique en son genre, répondit Davey. Pour lui, tout semble facile. Comme hier soir, quand il a fait son discours.

C'était vrai, se dit-elle, le cœur serré au souvenir des belles phrases qu'il avait prononcées devant tous ces gens sur Davey et Serena et sur l'amour.

Il avait eu l'air si sincère… Mais ce qu'il avait dit, il n'en croyait pas un mot puisqu'il avait renoncé à aimer. En l'entendant parler ainsi, elle l'avait regretté. Mais ça n'avait pas duré.

Elle se souvint de la façon dont il lui avait fait monter l'escalier, la veille. Tout était parfait, alors à quoi bon chercher des complications ?

— Dis-moi, tu t'es bien amusée hier soir ? demanda Serena en prenant Frankie par l'épaule.

Ils étaient de retour à la maison où Serena leur avait préparé un brunch appétissant.

— C'était super. La plus belle fête à laquelle j'aie jamais été invitée.

Et, vraiment, elle avait adoré, même si elle avait préféré le déjeuner de la veille où ils n'étaient que tous les quatre. Mais il n'y avait rien de meilleur que de se nicher sur le canapé avec Arlo dans la bibliothèque de Hadfield Hall…

En y repensant, elle n'avait commencé à sortir qu'une fois au lycée, et surtout pour rivaliser avec Harry et Amelie qui étaient si populaires. Après l'accident, ces sorties avaient été un exutoire pour combattre la solitude et la culpabilité, et elle avait fini par en faire son métier. Mais maintenant, elle ne s'imaginait pas continuer cette vie-là… Sauf que tôt ou tard, elle allait bien devoir recommencer.

— J'ai bien aimé aussi la séance de tir, dit-elle, chassant cette pensée importune.

— Je regrette de ne pas avoir pu vous accompagner, mais Bertie, qui fait ses dents, m'a réveillée aux aurores.

Frankie regarda le petit blondinet agrippé à Serena.

La veille, il sautait partout comme un diablotin, mais aujourd'hui, il avait les yeux battus et paraissait éteint.

— Veux-tu que je le prenne ? demanda-t-elle en voyant Serena chercher à attraper sa tasse de café.

— Lorsqu'il est dans cet état, il ne supporte personne d'autre que moi, répondit Serena en étouffant un bâillement.

— Sauf son parrain adoré, intervint Arlo en prenant le bébé dans ses bras.

En voyant le visage de Bertie s'éclairer d'un sourire, Frankie éprouva une bouffée de plaisir.

— Vous voulez que je vous apporte quelque chose à manger ? proposa Arlo après avoir embrassé Serena sur les deux joues.

— Non merci, répondit celle-ci.

— Et toi, Frankie, de quoi as-tu envie ?

— Que tu me surprennes.

— Je ferai de mon mieux.

— Il est adorable avec Bertie, dit Serena en le regardant s'éloigner. Il ferait un père… Enfin, pratiquement, c'est lui qui a élevé Johnny. Mais peu importe. Comment vous êtes-vous rencontrés, Arlo et toi ?

Frankie tenta de se souvenir de ce qu'ils étaient convenus de dire, mais avant qu'elle ait pu répondre, Serena l'arrêta d'un geste.

— Non, non ! Laisse-moi deviner ! Tu as crevé, et il s'est arrêté pour t'aider ? Ou alors, tu t'étais perdue…

— Non, rien de ce genre. J'ai connu Johnny à Londres, et c'est lui qui m'a présenté Arlo.

Ce qui était presque vrai.

À son grand étonnement Serena eut l'air ravi.

— Je suis très contente que cela se soit passé de façon

tellement normale ! Je savais bien que tu n'étais pas comme les autres.

Frankie sentit son cœur se serrer.

« Les autres » ? Même si elle n'avait aucune difficulté à envisager qu'une femme veuille travailler ou coucher avec Arlo, cela lui faisait mal de l'imaginer au lit avec une autre.

— Hier, je vous ai observés, chuchota Serena d'une voix de conspiratrice, vous n'avez pas cessé de vous regarder. Alors, j'ai dit à Davey que tu devais être la bonne.

— Mais non, je ne crois pas que… Ce n'est pas…

— N'en parlons plus, dit Serena en posant la main sur la sienne. Je ne dirai rien à personne. Arlo est discret, mais je sais reconnaître l'amour quand je le vois.

Confuse, Frankie secoua la tête.

« L'amour » ? Serena devait se tromper. Entre Arlo et elle, ce n'était pas de l'amour. Rien à voir.

Sauf qu'elle, elle l'aimait.

Cette découverte suscita d'abord en elle un moment de panique et de confusion. Puis de déni : c'était faux, on ne pouvait pas tomber amoureux si vite…

Mais c'était la vérité, elle le savait. Elle l'aimait.

La gorge serrée, elle fixa Serena.

Davey et elle connaissaient Arlo mieux que quiconque. Se pouvait-il qu'elle ait raison ? Était-il amoureux d'elle aussi ?

Durant tout leur trajet de retour à Hadfield Hall, elle ne put chasser cette question de son esprit.

De là à la lui poser… Une part d'elle-même aurait été tentée de le faire, mais tout allait si bien ! En demander davantage risquait de tout gâcher.

Elle en était là de ses réflexions quand le cabriolet Rolls-Royce s'immobilisa sur les pavés mouillés de l'allée.

— Tu as envie de manger quelque chose ? s'enquit Arlo.

— Pas spécialement. J'aimerais plutôt prendre un bain.

— Décidément, les grands esprits se rencontrent !

Comme c'était agréable d'avoir de l'eau chaude à volonté et sans aucune culpabilité, songea Frankie en regardant à travers un nuage de vapeur Arlo, mollement accoudé au rebord de la baignoire.

Contempler ses pectoraux d'acier faisait s'accélérer son pouls. Elle avait toujours admiré sa solidité, mais désormais, elle devait reconnaître qu'elle aimait aussi en lui ce qui n'était pas visible. En fait, elle l'aimait en totalité. Et elle avait envie de le lui dire.

Pour se calmer, elle prit le savon et le fit mousser.

— Merci de m'avoir emmenée à Stanhope Park. Je suis ravie.

— Tu as eu un franc succès. Davey te trouve merveilleuse, et Serena t'adore. Nous sommes de nouveau invités à déjeuner là-bas samedi prochain.

— Ils sont adorables, répondit-elle, repensant à ce que lui avait dit Serena. Et ils ont beaucoup apprécié ton discours. Moi aussi, je l'ai trouvé magnifique. Mais…

— Mais quoi ?

— Je ne comprends pas que tu dises tant de bien de l'amour alors que tu te refuses à aimer.

Il se pencha, prit un peu d'eau au creux de sa main et lui en aspergea les seins.

— Je croyais que nous avions déjà épuisé le sujet.

— Non. Nous avons parlé de tes parents, mais comment peux-tu savoir que ça se passera de la même façon pour toi que pour eux ? Regarde Davey et Serena. Quand tu rencontreras la bonne personne, tu changeras d'avis.

Le visage d'Arlo se figea, et elle sentit son cœur s'arrêter de battre.

— Je ne suis pas du genre à me marier.

— Comment peux-tu savoir ce que c'est que le mariage ? Toi qui parles toujours de faits et de data, tu ne fondes pas ton jugement sur un fait.

Après un très long silence, la réponse arriva, glaciale.

— Justement, je me fonde sur un fait : j'ai déjà été marié.

Elle le fixa, stupéfaite, s'efforçant de calmer les battements de son cœur.

Quand ? Pendant combien de temps ? Qui était-ce ?

— Elle s'appelait Harriet. Je l'avais rencontrée à la fac, il y a dix ans, et ça n'a duré que trois mois.

— Que s'est-il passé ?

— Je ne l'aimais pas. Je le lui ai dit. Elle est partie. Ça n'a pas été le meilleur moment de ma vie. J'aurais voulu l'aimer, connaître moi aussi ce que mes parents avaient connu. J'aurais voulu y croire. Mais tout a tourné au désastre, et le mieux que j'ai pu faire a été de cesser de la rendre malheureuse. Alors, je ne veux pas aller plus loin avec toi pour ne pas te faire de mal. Je ne peux pas prendre un tel risque.

Frankie sentit ses yeux se mouiller mais ne fit pas un geste pour les essuyer.

Il n'y avait rien à faire. Le ton tranchant de la voix d'Arlo ne laissait espérer aucun compromis.

Elle faillit lui prendre la main, la porter à ses lèvres et lui avouer qu'elle l'aimait. Elle l'aurait fait s'il ne venait pas juste de lui avouer ce qu'il s'était passé avec Harriet. Mais son regard était si las. Non, elle ne pouvait pas lui dire la vérité. Pas maintenant. Pas au risque de le perdre.

— Tu as raison, approuva-t-elle, écœurée par le mensonge qu'elle proférait.

Le visage d'Arlo se détendit, et il se pencha en avant pour l'embrasser.

Le désir la souleva comme une vague, balayant à la fois son amour et sa peine.

10.

Le lendemain, ils se réveillèrent tard. Après quelques jours de soleil, le temps avait changé, et il s'était remis à pleuvoir. Pas un déluge comme la semaine précédente, mais suffisamment pour qu'ils se rencognent dans la bibliothèque après le petit déjeuner.

Maintenant, ils étaient étendus sur le tapis devant le feu. Arlo caressait les cheveux de Frankie qui avait posé la tête sur ses genoux, et ils regardaient les flammes danser dans l'âtre. Ou plutôt, c'était Frankie qui regardait les flammes. Lui, il la regardait, elle.

Lors de la fête, deux jours plus tôt, il s'était dit qu'il ne la trouverait jamais aussi belle, mais il s'était trompé. Aujourd'hui, vêtue d'un jean et d'un vieux pull à lui, sans maquillage, les cheveux dénoués sur les épaules, elle rayonnait. Rien à voir avec la symétrie de ses traits ni avec la luminosité de son teint. Non, ce rayonnement émanait de sa personnalité. Frankie était une belle personne.

Le cœur serré, il se souvint de son anxiété, durant les heures qui avaient précédé la fête. Pour lui, c'était si dur de se retrouver en famille. Les souvenirs que cela réveillait lui rappelaient douloureusement tout ce qu'il avait perdu.

D'habitude, s'il ne pouvait pas se soustraire à une telle réunion, il restait en retrait et partait le plus vite possible. Mais Frankie l'avait poussé à s'intégrer et à participer aux conversations, et au lieu de ruminer le passé, il s'était retrouvé en train de bavarder, et cela lui avait même plu.

Grâce à elle, qui débordait d'énergie et de curiosité pour la vie, pour les gens.

En tant qu'étrangère à sa famille, elle aurait pu la juger un peu fermée, étroite d'esprit et indifférente au monde actuel. Ils se connaissaient tous, et celui qui se retrouvait parachuté dans cet environnement pouvait se sentir intimidé. D'ailleurs, Frankie avait appréhendé cette épreuve.

Mais elle ne l'avait laissé deviner à personne. Elle avait bavardé avec tous les invités, avait ri aux blagues stupides d'Arthur et avait écouté patiemment les explications de Davey concernant sa nouvelle chaudière à biomasse. Elle avait le don de faire sortir les gens d'eux-mêmes et de les amener à communiquer entre eux de manière spontanée. Rien d'étonnant à ce qu'ils l'aient appréciée en retour.

Le cœur lourd, il se souvint de l'étincelle d'excitation et de joie qu'il avait vue briller dans ses yeux. Elle avait aimé participer à cette fête de famille, et il avait été heureux de lui en offrir la possibilité. Hélas, il ne pouvait pas lui offrir davantage.

Ce qui l'empêchait d'aller plus loin et même d'y songer, c'était Frankie elle-même. Elle avait besoin de tout autre chose, qu'il ne pouvait lui donner. C'était ce qu'il avait voulu lui signifier la veille, dans la baignoire, quand il lui avait parlé : il ne voulait pas risquer de lui faire du mal.

Le souvenir de son court mariage malheureux lui revenait sans cesse en tête.

Avait-il éprouvé les mêmes sentiments envers Harriet ? Absolument pas. À cette époque, il était trop jeune, trop désespéré. Cette fois, il n'aurait aucune excuse s'il ruinait la vie d'une femme. Frankie méritait mieux que lui. Après ce qu'elle avait déjà subi, elle avait besoin de quelqu'un qui lui permette de réussir sa vie sans risque d'échec.

Il serra les dents.

Pourtant, même s'il refusait de s'impliquer dans un engagement qui risquait d'être rompu, il ne pouvait s'empêcher d'imaginer un monde où Frankie et lui vivraient heureux ensemble. En d'autres termes, il voulait l'impossible. Mais il se sentait incapable de l'expliquer à Frankie, et pour cette raison il avait fini par lui parler d'Harriet.

Jamais il n'avait eu à le faire jusque-là. Par le passé, avec les autres femmes, il lui avait paru facile de s'en tenir à ses propres règles, sans se justifier ni s'expliquer. Mais avec Frankie, cela s'était révélé différent dès le départ. Avant qu'il comprenne ce qu'il lui arrivait, elle avait chamboulé tout ce qu'il considérait comme sûr et certain.

Elle ne lui avait pas laissé le choix, il avait été obligé de lui parler de son mariage, ne serait-ce que pour lui prouver une fois pour toutes que ce qui fonctionnait pour les autres ne pouvait pas marcher pour lui.

— Alors ? demanda-t-elle en le dévisageant de ses grands yeux bleus.

— Alors, rien, répondit-il en se forçant à sourire.

Il fallait absolument qu'il mette un terme à ses perpétuelles hésitations. Comme s'il avançait dans un épais brouillard. Sans doute parce qu'il ne pouvait empêcher son passé de déborder sur le présent.

— Je me disais que je pourrais peut-être aller plonger, reprit-il.

— Dans la mer ?

Les yeux brillants à la perspective de cette aventure, elle le prit par le cou, et il sentit ses seins contre son torse.

— Il ne va pas faire trop froid ?

— Ce sera… vivifiant, et tu n'es pas forcée de m'accompagner.

— Mais j'en ai envie ! À moins que tu n'aies l'intention de faire le tour de l'île ou d'aller jusqu'au Danemark.

Il n'avait pas envisagé qu'elle demande à venir avec lui, croyant qu'elle préférerait rester tranquillement au coin du feu. Mais son visage montrait tant d'impatience qu'il se demanda comment il avait pu avoir une idée pareille.

— Je ne pensais rester que très peu de temps dans l'eau, mentit-il.

En fait, il avait prévu de nager jusqu'aux rochers, mais il avait l'habitude de l'eau glacée, contrairement à Frankie. Sans combinaison, ce serait trop dangereux pour elle d'y rester plus de quelques minutes.

— Tu as apporté un maillot de bain ? s'enquit-il.

— Mais oui ! Pourquoi ? Je n'en aurai pas besoin ?

Leurs regards se croisèrent, et il se sentit frémir d'excitation en l'imaginant sortant nue de la mer telle la Vénus de Botticelli.

— Ce n'est pas ce que je voulais dire, répondit-il en s'écartant d'elle.

Il fallait absolument qu'il réfléchisse, ce dont il était incapable tant que le corps tendre de Frankie se pressait contre lui, troublant toutes ses facultés.

— Viens, dit-il en lui tendant la main. Allons nous mettre en maillot avant de changer d'avis.

La mer était magnifique, juste comme il l'aimait. Les vagues avançaient paresseusement avant de se fracasser sur le sable de la plage. L'eau était vivifiante – terriblement froide – mais pas assez pour empêcher Frankie de le rejoindre, même si elle sursautait chaque fois qu'elle était éclaboussée. Ils passèrent quelques minutes à sauter dans les rouleaux, avant de courir main dans la main vers la plage.

— Je te rejoins sous la douche, dit-il en enveloppant Frankie frissonnante dans un vaste drap de bain. Au départ, évite l'eau trop chaude.

Dans la chaleur de la salle de bains, Arlo se pencha en avant pour faire ruisseler l'eau sur ses cheveux. Dès qu'il eut terminé, il noua une serviette autour de ses hanches.

— Tu t'es réchauffée ?

— Oui, mais il vaudrait mieux que je me sèche les cheveux.

— Je vais le faire…

En se retournant, il sentit son sexe durcir.

Frankie était assise au pied du lit et le regardait, sa chevelure encore humide sur les épaules. Elle s'était débarrassée du drap de bain, dévoilant les courbes de ses seins ronds et fermes. Hypnotisé, il suivit des yeux le trajet d'une gouttelette sur la pointe de son téton droit.

Après avoir pris une autre serviette, il revint vers la chambre. Dans la cheminée, une bûche finissait de se consumer à petit feu. Il en ajouta une autre, et une lueur orangée illumina la pièce.

— C'était bien, dit-elle alors qu'il lui frottait vigoureusement le crâne. Franchement, je m'imaginais que l'eau serait plus froide.

— Tu as de la chance. En avril, c'est souvent le cas.

Leurs regards se croisèrent, et ils restèrent silencieux deux ou trois secondes. Puis elle posa la main au centre de la serviette qui le couvrait.

— J'ai de la chance, et pas seulement pour cette raison.

Son corps réagit avec une telle violence qu'il dut poser la main sur l'épaule de Frankie pour se stabiliser. Lorsqu'elle tira sur la serviette pour la faire tomber, il sentit son cœur battre à se rompre.

Il y eut encore un silence, puis elle le poussa sur le lit avant de saisir d'une main son sexe durci et de poser les lèvres sur son érection.

Lorsqu'elle le prit dans sa bouche, il haleta et poussa un grognement de plaisir, incapable de faire le moindre mouvement.

Il n'avait plus qu'une idée en tête, la goûter à son tour, lui donner autant de plaisir. Non pas pour lui prouver sa virilité, mais parce qu'il était essentiel pour lui qu'elle jouisse.

Il se redressa, la prit par les épaules et la repoussa doucement tout en cherchant sa bouche. Lorsqu'il sentit les doigts de Frankie se poser sur son visage, son cœur se mit à battre plus vite.

Ses doigts si légers, si doux, si amoureux…

Il serra les dents pour surmonter cet élan de tendresse et la prit par les hanches pour la mettre au niveau de sa bouche. Puis il lui écarta les jambes, respirant son odeur, et cherchant le tendre bouton de son clitoris, qu'il agaça de la langue.

En gémissant elle se cabra contre son visage.

— Non, non… Je veux te sentir en moi, chuchota-t-elle d'une voix rauque, en l'enjambant pour le chevaucher.

En sentant son érection buter contre la chair humide et tiède entre ses cuisses, il fut pris d'un désir plus violent qu'il n'en avait jamais éprouvé. Une faim dévorante, irrésistible.

— Jamais je ne me suis trouvé dans un état pareil, Frankie. J'ai envie de toi, tout le temps.

— Moi aussi, j'ai envie de toi. Terriblement, soupira-t-elle, la voix brisée par l'émotion. Je voudrais…

— Chut, chérie, chut… Tout va bien.

Mais ses yeux étaient si bleus, si clairs – trop clairs. Il avait l'impression de lire dans son âme et de sentir la moindre de ses sensations vibrer dans sa poitrine. Pourtant, les sentiments, ce n'était pas pour lui et, au-delà du sexe, il était incapable de lui offrir une véritable relation.

Le cœur battant, incapable de faire face à l'émotion qu'il lisait dans ses yeux, il se redressa pour l'embrasser désespérément, avec une passion farouche, comme pour étouffer l'émotion qui le submergeait. Puis il la prit par les fesses tandis qu'elle se soulevait pour qu'il la pénètre, et il se mit à bouger lentement en elle, soucieux de prendre son temps et de lui donner plus de plaisir encore qu'il ne lui en avait jamais procuré.

Du bout des doigts, il lui caressa les seins jusqu'à ce qu'elle pousse un gémissement de pure jouissance qui l'emplit de satisfaction. Lorsqu'elle se mit à se balancer contre lui, il glissa la main entre ses cuisses, mais elle le prit par le poignet en le fixant droit dans les yeux.

Un frisson le parcourut. Il sentit son sexe se tendre, et il faillit éjaculer. Mais l'onde de plaisir montait en lui, sombre et irrésistible. *Oh oui !* C'est bien ce qu'il recherchait. Cette frénésie, ce soulagement.

Frankie se mit à crier contre sa bouche, et la vague s'enroula autour d'eux et les emporta avec une force irrésistible tandis qu'il s'enfonçait en elle, le corps tremblant de l'intensité de l'orgasme.

Quand il rouvrit les yeux et croisa le regard de Frankie, il y lut une telle douceur qu'il referma les paupières, le cœur serré.

Il ne voulait pas de cette tendresse. Une fois déjà, il avait essayé d'y faire face, et il avait échoué. Et rien n'avait changé. Lui-même n'avait pas changé. Il n'était plus ni jeune ni naïf, mais il était toujours le même homme, violent et inflexible. Jamais il ne serait aussi passionné et bouleversant que son père, ni aussi beau que sa mère ou Johnny. Au cœur des glaces polaires, il était un héros, mais ici, dans le monde réel, il se sentait gauche et maladroit. Inutile d'envisager de vivre avec une femme comme Frankie, c'était stupide, aussi insensé que de vouloir emprisonner une flamme au creux de la main.

Sauf que la nuit précédente, pour la première fois de sa vie, il avait eu l'impression de se trouver au cœur de cette flamme avec Frankie.

Jamais cela ne se reproduirait avec une autre, il le savait. Jamais ce ne serait si facile, si intime, si personnel. Auparavant, peu lui importait avec qui il se trouvait. Mais cette fois, tout tournait autour de Frankie.

Frankie qui le fixait d'un regard lointain, presque vide.

— Dis donc, chuchota-t-il. Où es-tu partie ?

— Nulle part. Je me disais seulement…

Soudain, il se sentit partagé entre le désir d'en savoir davantage et la peur de ce qu'il allait entendre.

— Oui ?

— Quand je suis avec toi, le temps passe bizarrement. Tantôt il s'étire, tantôt il s'accélère. Tu me trouves stupide ? demanda-t-elle en se mordillant la lèvre.

— Non. Moi, quand je suis avec toi, tout me semble plus intense : les couleurs, les sons…

Elle lui semblait environnée d'un halo doré, et dans la tendre et douce intimité de ce bien-être érotique, il lui aurait été facile de s'abandonner à cette lumière. Mais la fragilité de son visage et de ses épaules était comme un avertissement : ne pas lui faire de mal, ne pas lui promettre ce qu'il serait incapable de lui donner.

Il fallait être honnête. Il le pouvait.

— Jamais je n'ai rien connu de tel. Jamais.

— Moi non plus, répondit-elle d'une voix tremblante.

— Entre nous, ça fonctionne, n'est-ce pas ?

Elle acquiesça d'un air troublé, et il sut que, en cet instant, il ne désirait rien d'autre qu'elle au monde.

Il l'attira à lui en se disant qu'il serait bien temps un jour de la laisser partir sans jeter un regard en arrière. Puisqu'il n'y avait pas d'autre issue.

Tandis qu'ils déjeunaient dans la cuisine, Frankie raconta à Constance qu'ils s'étaient baignés.

Arlo l'écoutait en observant les émotions qui jouaient sur son visage quand, soudain, il sentit son téléphone vibrer.

Depuis le jour où elle lui avait parlé de l'accident, il l'avait réglé en mode silencieux. Il était prêt à l'ignorer, quand il vit s'afficher sur l'écran le nom de Johnny.

— Je dois répondre, dit-il en se levant pour sortir.

— Arlo…

— Salut, petit frère ! C'est sympa de me faire signe.

— Je sais, je sais, je suis impardonnable, j'aurais dû t'appeler…

En entendant Johnny, il se sentit soulagé. Il savait reconnaître dans la voix de son frère les signes d'anxiété, et celle-ci n'exprimait pas la moindre angoisse. Elle était si claire qu'il avait l'impression que Johnny était juste à côté de lui. Il regretta de ne pas pouvoir le serrer dans ses bras.

— Je mène une vie de dingue. Honnêtement, à Hollywood, ils sont tous fous. Jamais ils ne dorment, ou ils ne font aucune différence entre le jour et la nuit, ajouta-t-il à voix basse, sur un ton de conspirateur. Ils ne s'arrêtent jamais. Tu adorerais.

Arlo sentit son cœur se gonfler d'amour.

Hollywood était vraiment le dernier endroit où il aurait eu envie d'aller, mais son adoration pour son frère était sans limite.

— Je suis certain que mes potes les pingouins adoreraient.

— Sans aucun doute, répondit Johnny en riant. Écoute, je suis vraiment désolé de ne pas t'avoir appelé plus tôt.

— Ce n'est pas grave. Tu es très pris, je le sais.

— Et toi aussi. Je tiens à te remercier d'avoir accueilli Frankie à Hadfield Hall.

— Tu n'as pas à me remercier, c'est aussi chez toi.

— Sans doute, mais tu es très occupé, et comme tu ne l'attendais pas… Ça s'est bien passé ?

— Très bien, articula-t-il avec difficulté. C'était la fête d'anniversaire de David et Serena, alors nous sommes allés à Stanhope. Et puis, elle m'a aidé à mettre au clair mes notes. Et elle m'a même écrasé au billard.

— Ah oui, dit Johnny en riant. Elle est forte, n'est-ce pas ? Je suis content qu'elle ait pu prendre un peu de bon temps. C'est d'ailleurs la raison pour laquelle je t'appelais.

— Mais encore ?

— Pour qu'elle me pardonne de l'avoir laissée tomber, je lui ai pris un billet pour LA.

— Un billet ? répéta Arlo, stupéfait.

— Oui, pour samedi prochain. C'est une surprise. Ça lui fera du bien de passer quelques jours au soleil, et je suis sûr qu'elle va adorer LA. C'est tout ce qu'elle aime : des plages de sable, des centres commerciaux, et surtout des célébrités. Frankie est faite pour vivre ici.

Non, absolument pas, songea Arlo en fronçant les sourcils. Frankie était faite pour les brunchs en famille et les bains de mer glacés. Que lui avait-il dit la veille à leur sujet ? « Entre nous, ça fonctionne, n'est-ce pas ? »

Tout son corps se crispa de rage et de dégoût.

Comment en était-il arrivé là ? Ne méritait-elle pas mieux qu'une liaison sans issue avec un homme qui ne pouvait lui offrir que du sexe et ses terribles faiblesses ? Ce qu'il lui fallait, c'étaient du soleil, des cocktails et des gens de son âge comme Johnny.

— On dirait vraiment que tu as envie de la voir rester plus que quelques jours à LA.

— C'est vrai, répondit Johnny d'une voix un peu hésitante. Ici, elle pourrait vraiment réussir. Arlo, elle a quelque chose… Je suis sûr qu'ils seraient tous fous d'elle.

Évidemment.

Les doigts d'Arlo se crispèrent sur le téléphone.

Cette douleur dans sa poitrine, inutile de faire plus longtemps semblant de l'ignorer : au moment de perdre Frankie, il découvrait enfin qu'il était amoureux d'elle.

Il eut l'impression que son cœur éclatait.

Il l'aimait. Et Frankie l'aimait elle aussi, il le savait. Elle avait trop peur pour l'avouer, mais tout à l'heure, dans la chambre, il l'avait senti dans chacun de ses baisers, chacune de ses caresses.

Alors, qu'attendait-il ?

Raccroche et va le lui dire.

L'amour le rendait soudain euphorique, comme s'il avait bu. Il se précipitait déjà pour aller lui déclarer sa flamme, quand il s'immobilisa brusquement.

Il ne pouvait pas faire ça. Pas s'il l'aimait vraiment. Soudain, il se sentait terrifié à la pensée de se laisser aller à aimer. Terrifié par ce qu'il risquait d'arriver s'il le faisait.

Il connaissait Frankie. Cet amour, elle s'y abandonnerait tout entière, en confiance. Mais elle aurait tort. Il pouvait très bien échouer, et s'il échouait, cela la blesserait plus profondément encore que s'il la quittait maintenant. Oui, il allait la faire souffrir, mais c'était un moindre mal, même si cela lui déchirait le cœur.

— Vous voulez une autre tasse de café ? s'enquit Constance.

— Non merci, répondit Frankie. Mais je veux bien que vous laissiez la cafetière.

Arlo en prendrait sûrement une tasse quand il serait de retour. Elle se demandait qui l'avait appelé. Rien de professionnel, il n'aurait pas pris l'appel.

Elle sentit son cœur se serrer.

Pour lui apprendre à revivre, il avait mis sa vie professionnelle entre parenthèses. Il l'avait réconfortée et lui avait transmis sa force – au sens propre comme au sens figuré. Ce matin, par exemple. Pendant qu'il était en elle et la serrait dans ses bras, elle avait compris qu'elle l'aimait d'un amour si intense, si dévastateur, qu'elle s'était sentie prise de vertige et que tout était devenu flou. Même lui. Mais qu'importe ! Il lui était désormais si familier qu'elle était capable en fermant les yeux de retrouver jusqu'au moindre détail ses traits.

Elle sentit trembler la main qui tenait sa tasse.

Ni les rides ni les cicatrices ne pouvaient ternir la beauté d'Arlo, elles la rendaient simplement plus unique. Pour elle, il était devenu essentiel, elle avait autant besoin de lui que de respirer.

Mais elle ne pouvait le lui avouer. Ce n'était pas ce dont ils étaient convenus, et ses propres sentiments n'y changeaient rien. Elle avait déjà perdu pied, mais elle pouvait encore regagner le rivage au lieu d'aller plus loin, plus profond. Ayant connu la douleur de perdre ceux qu'elle aimait, elle ne voulait pas subir de nouveau pareille épreuve. Même si ce qu'ils partageaient était particulier, comme il l'avait reconnu.

« Jamais je n'ai rien connu de tel. » C'étaient ses propres mots, et cela lui suffisait.

— Je te rappelle plus tard. Je te passe Frankie.

Elle leva les yeux.

Arlo était toujours au téléphone. Il lui tendit l'appareil.

— C'est Johnny, il veut te parler.

— Johnny ! Comment vas-tu ? Je n'arrive pas à me faire à l'idée que tu es vraiment en train de tourner un film !

— Tu me vois ? J'ai l'impression que le palmier occupe tout l'écran, dit-il en riant.

C'était bizarre de l'entendre rire. Une semaine plus tôt, ça l'aurait complètement bouleversée, mais en cet instant, elle ne ressentait plus à son égard qu'une affection fraternelle. Le regard d'Arlo pesait sur elle, et elle se sentait totalement désemparée.

— Il y a vraiment des palmiers ? s'enquit-elle.

— Des tas. Tu veux les voir ?

— Bien sûr.

Arlo se leva et se dirigea vers la fenêtre.

— Pour de vrai ? Parce que c'est pour cette raison que je t'appelle. Je t'ai pris un billet pour LA. Tu pars samedi… Frankie ? Tu m'as entendu ?

— Oui. C'est super, dit-elle en se forçant à paraître ravie. Mais tu n'aurais pas dû…

— Si, si. Et c'est aussi l'avis d'Arlo.

— Vraiment ? demanda-t-elle, le cœur battant.

— Mais oui, il pense que tu as besoin de vraies vacances. Et puis, à la fin du mois, il part à Svalbard.

Une main de glace lui étreignit le cœur. Elle se sentait petite, stupide, stupéfaite. Elle tourna la tête vers Arlo, qui observait la mer. Tout son corps était tendu, et elle sut qu'il voyait une autre mer, d'un bleu différent et parsemée d'icebergs. « C'est addictif », avait-il dit.

Elle avait cru qu'il parlait au figuré. Mais comment pourrait-elle rivaliser avec tant de beauté et de majesté ? La voix de Johnny interrompit ses pensées.

— Frankie, je m'y suis pris au dernier moment, je le sais, mais je me sens si coupable de t'avoir laissée tomber...

— Ce n'est pas grave, dit-elle.

— Pour moi, si. Alors, s'il te plaît, accepte. Viens à LA.

— Oui, pourquoi pas ?

Lorsqu'elle eut raccroché, Arlo se tourna vers elle et la dévisagea froidement.

Visiblement, il était déjà là-bas, sur la banquise. Rien d'étonnant à ce qu'il soit incapable de s'engager.

— Donc tu vas partir pour LA.

C'était un constat, pas une question. Elle acquiesça d'un signe de tête.

— Cela vaut mieux, Frankie.

— Pour qui ? demanda-t-elle.

— Pour toi, bien sûr. Tu as vingt et un ans et toute la vie devant toi. Une vie qui ne peut pas commencer ici.

Avec moi.

Il n'avait pas prononcé les mots, mais ce fut comme si, tous les deux, ils les avaient entendus.

Pourtant, ce qu'elle-même avait à lui dire, il ne l'avait pas encore entendu. Et elle avait besoin qu'il l'entende. Elle n'en pouvait plus de dissimuler la vérité. Cela ne l'avait pas empêchée de perdre déjà tous ceux qu'elle aimait, mais cela l'empêcherait peut-être de perdre l'homme qu'elle aimait maintenant.

Elle se rapprocha de lui.

— Et si je te disais que je t'aime ?

Avant même qu'il ait répondu, elle comprit qu'il le savait déjà et que ça ne changeait rien. C'était fini.

— Je ne peux pas répondre à ton amour, dit-il en détournant la tête, mais je ne veux pas te faire de mal. Je veux être honnête avec toi. Tout ça, tout ce que nous avons vécu… C'était merveilleux. Tu es une femme merveilleuse.

Un coup à l'estomac.

« Ce que nous avons vécu ». Déjà, il parlait au passé, comme si sa décision était prise !

— Mais quand même pas assez merveilleuse.

— Non. Tu te trompes. Rien à voir avec toi.

— C'est vrai, c'est de nous deux qu'il s'agit. Mais je crois que tu ne nous donnes pas la moindre chance.

Dis quelque chose. Demande-moi de ne pas partir à LA.

Hélas, un gouffre semblait s'être ouvert entre eux, impossible à combler. Il ne dit rien.

Cela lui donna le courage de s'éloigner.

Elle ne pouvait pas se comporter comme elle soupçonnait Harriet de l'avoir fait – espérer que cet homme difficile et plein de contradictions change avec le temps. Peut-être l'aurait-elle cru avant l'accident, mais plus maintenant.

Le silence se faisait de plus en plus lourd, insupportable.

C'était si dur d'en finir.

— Je ne vois pas pourquoi je resterais plus longtemps. Peux-tu m'appeler un taxi ?

— Je vais te déposer à la gare, dit Arlo d'une voix sans timbre.

Elle traversa la cuisine, mais arrivée sur le seuil, elle se retourna.

— Tu sais, Arlo, tu m'as sauvée. Pas seulement sur la jetée, mais ici aussi, dit-elle en se touchant le front. Et là, ajouta-t-elle en posant la main sur son cœur. Tu m'as rendu confiance en moi. Je t'en serai toujours reconnaissante.

Cela lui déchirait le cœur, mais tout devait être dit.

— Si quelqu'un peut sauver le monde, ce sera toi. Mais j'espère que tu rencontreras un jour une personne capable de te sauver, toi. Quelqu'un qui te rende confiance en l'amour… et en toi-même et qui te fera prendre conscience que l'amour est un risque, mais qu'une vie sans autre risque que le froid, la glace et le danger ne vaut pas la peine d'être vécue.

Il n'y avait plus rien à dire.

Le cœur déchiré, elle tourna les talons et sortit de la pièce.

11.

Le métro émergea du tunnel dans un courant d'air chaud, et le grincement des freins résonna dans la station de Covent Garden.

Perdue dans la foule des voyageurs, Frankie monta dans un des wagons, et en l'absence de place assise disponible, elle s'agrippa à une poignée et laissa sa tête reposer au creux de son coude.

Elle se sentait épuisée.

Sans aucune raison, car depuis son retour à Londres, elle n'avait guère mis les pieds hors de chez elle. En fait, elle avait à peine quitté son pyjama. Durant ces trois derniers jours, elle avait eu la sensation de… s'effacer peu à peu.

Le métro redémarra, et elle se blottit dans son manteau.

La simple idée de toucher quelqu'un lui donnait la nausée. Parce que ce n'était pas Arlo. Ou plutôt, peut-être, parce qu'elle ne toucherait plus jamais Arlo.

Le train s'immobilisa à la station suivante, et elle fixa sans les voir les voyageurs qui descendaient et montaient, plongée dans le souvenir des derniers instants passés avec lui.

Comme une répétition de la première fois où il l'avait ramenée à la gare, il avait rangé sa valise dans le compartiment à bagages, lui avait souhaité bon voyage et était parti. Sauf que, cette fois, il n'était pas revenu. Elle était restée assise dans le wagon vide, attendant, espérant, priant… Mais deux minutes plus tard, le train avait quitté la gare.

Rien d'extraordinaire à cela, mais pour elle, le jour s'était changé en nuit. Les yeux lui brûlaient, mais elle n'avait pas pleuré. Les larmes ne pouvaient pas couler.

À son arrivée, il pleuvait, et depuis, cela n'avait pas cessé. Un crachin gris qui poussait les gens à rentrer chez eux au plus vite.

« Chez eux », se répéta-t-elle, la gorge serrée.

Cela n'avait aucun sens de penser à Hadfield Hall, et pourtant, elle s'y sentait plus chez elle que dans son appartement. Chez elle, c'était l'endroit où se trouvait son cœur – et son cœur était avec Arlo pour toujours.

Mais Arlo n'en voulait pas. Il le lui avait fait clairement comprendre, et pourtant, elle n'arrivait toujours pas à accepter cette réalité. Chacune de ses pensées commençait et finissait par Arlo. Combien de temps cela allait-il durer encore ?

En atteignant sa rue, elle leva les yeux, et ce qu'elle vit lui coupa le souffle.

Un homme très grand était debout devant sa porte, la tête baissée, les épaules rentrées pour se protéger de la pluie.

Elle mit le pied dans une flaque d'eau, trébucha puis se mit à courir.

— Arlo ?

L'homme se retourna.

Ce n'était pas lui mais son voisin Graham qui serrait contre lui un énorme carton.

— J'ai eu peur que vous ne soyez déjà partie. On a apporté ça pour vous, mais vous n'étiez pas là.

— Merci beaucoup, Gray.

— De rien. Voulez-vous que je le transporte chez vous ?

— Non, je vais me débrouiller.

— Dans ce cas, à bientôt, quand vous reviendrez. Amusez-vous bien.

Une fois chez elle, elle s'attaqua aussitôt à la boîte.

Sans doute un nouveau produit envoyé par un fabricant ?

En découvrant qu'il s'agissait d'une valise à roulettes, elle sentit sa gorge se serrer, revivant l'instant où la roue de sa vieille valise s'était détachée sur la jetée. Mais elle préféra éviter la suite, le moment où Arlo l'avait soulevée dans ses bras…

À l'intérieur, elle découvrit une enveloppe, qu'elle ouvrit. Un seul mot sur une carte, de son écriture si familière.

Désolé.

La douleur lui coupa le souffle. Elle se pelotonna sur elle-même et fondit en larmes, elle qui n'avait pas réussi à pleurer depuis trois jours.

— Viens là, dit Arlo en tapotant le canapé à côté de lui.

Nero s'empressa de sauter sur le coussin de velours où il n'avait généralement pas le droit de s'aventurer, mais la tiédeur de son poil avait quelque chose de si réconfortant…

La gorge d'Arlo se serra. Non, il ne méritait pas ce réconfort après s'être comporté comme il l'avait fait. En se souvenant du visage pâle et stupéfait de Frankie, il crispa la main sur la tête de Nero. Il était si convaincu qu'il contrôlait parfaitement la situation… que tout lui avait échappé. Et maintenant ses suppositions lui semblaient au mieux naïves et au pire, inhumaines.

Elle lui avait dit qu'elle l'aimait, et sa franchise l'avait déstabilisé. Par lâcheté, il avait espéré qu'elle resterait dans le non-dit et qu'il pourrait feindre d'ignorer ce qu'elle ressentait. Et ce qu'il ressentait, lui.

Sur la glace, bien souvent, il s'était retrouvé à la croisée des chemins, contraint de faire un choix qui pouvait se révéler mortel. Et chaque fois, il l'avait fait. Il en parlait devant des étudiants, lors de conférences à la fac. Arlo Milburn, le grand explorateur, dissertant sur le risque… Sur le fait que chaque pas dans une direction était un acte de foi.

Mais pour Frankie, il n'avait pas pris ce risque. Il l'aimait et il l'avait laissée partir. Demain, elle s'envolerait pour LA.

Dans une semaine, il repartirait sur la banquise vivre la vie qu'il prétendait avoir choisie. Plutôt qu'elle. Une vie qui lui convenait puisqu'il jugeait trop téméraire de vivre avec une femme qui l'aimait. Une vie où le risque était limité aux températures négatives et au blizzard.

Autrement dit, une vie qui ne valait pas la peine d'être vécue.

C'était terminé. Frankie avait réussi à boucler ses bagages.

Le taxi arriverait dans quelques minutes. Il ne lui restait qu'à enfiler son manteau pour être prête. Elle serait très en avance, mais c'est ce qu'elle avait décidé la nuit précédente, après avoir pleuré toutes les larmes de son corps. Sur l'accident, sur sa famille et sur Arlo.

En soupirant, elle se leva et contempla sa nouvelle valise, si élégante. Elle avait hésité à l'utiliser, mais ç'aurait été discourtois de ne pas le faire, et de toute façon l'autre était hors d'usage.

Après tout, demain serait le premier jour d'une nouvelle vie, même si tous ses problèmes ne disparaîtraient pas par enchantement. Il n'y avait pas d'avenir à ruminer le passé, et elle voulait recommencer à vivre.

Cela, c'était Arlo qui le lui avait donné, qui l'avait aidée à faire le premier pas. Elle aurait tant voulu qu'il l'accompagne dans ce voyage ! Mais c'était hélas impossible. Alors, elle parcourrait le monde et vivrait sa vie. Elle voyagerait, se ferait de nouveaux amis, reprendrait contact avec les anciens, acquerrait de nouvelles compétences…

Lorsqu'on sonna, elle mit son manteau, jeta un dernier coup d'œil à son appartement et descendit.

Un taxi londonien l'attendait devant sa porte.

— C'est pour Heathrow, n'est-ce pas ? s'enquit le chauffeur.

— Oui, s'il vous plaît.

— Vous allez dans un endroit sympa ?

— Los Angeles.

— J'y suis allé l'an dernier avec ma femme, et de là, on est partis par la route jusqu'à New York. Je sais ! Passer sa vie dans un taxi, et choisir de traverser l'Amérique en voiture pour ses vacances… Mais ça m'a bien plu. Chaque jour, c'était une nouvelle aventure.

— Pour moi aussi, répondit-elle en souriant. Un ami y est parti il y a trois semaines, et il m'a appelée pour m'inviter.

— Déjà ? Il en pince pour vous !

— Pas du tout. C'est juste un ami.

— C'est cela, répondit le chauffeur en lui faisant un clin d'œil dans le rétroviseur. Ah, il y a des travaux sur Woodley Road. Je vais devoir aller tout droit.

— Vous pourriez peut-être prendre par Mercer Street, dit-elle en sortant son téléphone.

En cherchant un nouvel itinéraire, elle vit s'afficher sur l'écran le dernier voyage qu'elle avait programmé. Vers le Northumberland. Elle sentit des larmes rouler sur ses joues et tourna le visage vers la vitre en respirant à fond.

Les maisons avec terrasse avaient cédé la place aux boutiques, aux banques et aux cafés qui bruissaient déjà d'activité.

LA allait être plus grande, plus brillante, plus active…

Mais pour elle, elle serait vide. Partout ce serait le vide, puisqu'Arlo ne serait pas là.

— Non, ne pleurez pas, ne vous en faites pas, on sera à l'heure !

Elle vit que le chauffeur la fixait dans le rétro, horrifié.

— Je connais un détour. Vous allez vivre votre belle aventure, je vous le promets.

Sûrement pas, s'ils arrivaient à temps à l'aéroport.

Elle s'essuya les yeux et se pencha en avant, sentant son cœur s'accélérer.

— En fait, je vais vous demander de faire un détour un peu plus long que prévu…

Le samedi matin, Arlo se réveilla plus tard que d'habitude. Il n'avait presque pas dormi, attendant stoïquement la journée suivante. La météo avait prévu un temps maussade, mais elle s'était trompée, et après des jours de pluie continue, le ciel s'était éclairci, et le soleil brillait au-dessus de l'horizon.

Mais ce n'était pas ce changement de temps qui l'avait tiré du lit. C'était Frankie. Enfin, la pensée de Frankie.

Il avait rêvé d'elle, et juste avant de se réveiller, il avait cru sentir son corps tiède se presser contre le sien et éprouvé un immense soulagement. Puis il s'était réveillé, et son absence lui avait serré le cœur. Alors il s'était levé et avait commencé à se remuer.

Il aurait dû faire ses bagages, mais pour cela, il lui aurait fallu se rendre dans sa chambre, ce qu'il avait réussi à éviter ces derniers jours en dormant dans une des chambres d'amis.

Au rez-de-chaussée, la maison était calme et silencieuse.

Nero sur les talons, il se dirigea vers la cuisine.

Bientôt, ce serait fini. Demain, elle serait partie, et dans une semaine, il rejoindrait l'expédition à Svalbard pour se perdre dans les immensités fantomatiques de l'Arctique.

La sonnerie de son téléphone le fit sursauter, et un espoir fou l'envahit, vite envolé lorsqu'il consulta l'écran.

Après une courte hésitation, il décida de décrocher.

— Davey. Comment vas-tu ?

— Moi, très bien. Mais toi, apparemment, tu as perdu la tête.

Dans les rares occasions où il s'était disputé avec Davey, celui-ci s'était toujours montré très conciliant, cherchant à apaiser la situation. Pourtant, en ce moment, il y avait dans sa voix un mélange de colère et de frustration.

— Qu'est-ce que ça veut dire ?

Mais il savait déjà de quoi il retournait.

— Je veux parler de Frankie.

Entendre ce prénom suffit à lui déchirer le cœur. Cela rendait son absence plus douloureuse, plus réelle. Trop réelle.

— Et moi, je ne veux pas parler d'elle.

— Tant pis. Serena l'a appelée hier pour savoir si elle voulait faire une promenade à cheval avant le déjeuner, samedi. Elle va donc partir rejoindre Johnny à LA ?

Arlo poussa un juron à mi-voix. Il avait complètement oublié ce déjeuner…

— J'aurais dû t'appeler, excuse-moi.

— Je me moque de ce déjeuner ! C'est toi qui nous inquiètes, et la raison pour laquelle tu as rompu avec Frankie.

— Je n'ai pas rompu. Et ce n'était pas une relation à proprement parler.

— Même si vous aviez les yeux rivés l'un à l'autre en permanence ?

— Un simple emballement physique.

Jamais encore il n'avait menti à son cousin, et ce mensonge lui brûla les lèvres.

— Ce n'est pas vrai, dit Davey après un silence. Et c'est toi qui as rompu, comme toujours. Avant, ça n'avait pas d'importance, mais avec Frankie, c'est différent. Elle t'aime pour de bon.

— Je sais, répondit Arlo, se remémorant le moment où il lui avait offert le bracelet.

Elle avait été contrariée de ne rien avoir à lui offrir en retour, mais elle lui avait pourtant donné quelque chose : son amour et sa confiance. Et elle était elle-même le plus beau des cadeaux, un cadeau unique, irremplaçable.

— Et tu l'aimes aussi. Mais je sais que tu ne veux pas le reconnaître, et je comprends pourquoi.

En se rappelant le moment où il avait rejeté Frankie, il ressentit une douleur plus vive qu'aucune blessure physique.

Tout en prétendant être honnête, il lui avait menti.

— Je le reconnais, mais ça ne change rien. J'ai déjà été marié, et ce mariage a été un désastre.

— Tu étais jeune, en plein deuil. Tu as commis une erreur, voilà tout. Mais comme tu voulais déjà tout contrôler, quand tu as divorcé, tu n'as pas seulement quitté Harriet, tu as voulu aussi rejeter l'amour.

Il sentit les yeux lui brûler.

Oui, il avait rejeté l'amour, de toutes ses forces. Jusqu'au jour où Frankie s'était retrouvée sur sa route… Ou plutôt dans son lit.

Frankie avec ses cheveux décoiffés et ses taches de rousseur, son sourire plein de douceur, son rire communicatif qui promettait le bonheur.

Il aurait voulu courir vers elle, mais…

— Je dois me tenir à ma décision, car rien n'a changé, dit-il à voix basse.

— Tout a changé. D'abord, Frankie n'est pas Harriet. Mais surtout, toi, tu as changé. Avec elle, tu n'es plus le même.

Oui, à cause d'elle.

— Tu n'as pas besoin que je te dise ce que tu as à faire. Seulement qu'il n'est pas trop tard, dit Davey avant de raccrocher.

Arlo poussa un juron.

Non, Davey se trompait. Quand il avait vu Frankie pour la première fois, il était déjà trop tard pour que des événements simples et banals, comme une tempête ou une réunion de famille, puissent infléchir le cours de sa vie.

Pourtant…

Peut-être pouvait-il encore l'empêcher de prendre cet avion, se dit-il en consultant sa montre.

En dix minutes, il s'habilla, enfila une veste, trouva les clés de la Rolls et se précipita vers la voiture qui stationnait dans l'allée.

Trois jours plus tôt, leur passé – celui de Frankie et le sien – lui apparaissait encore comme un obstacle insurmontable à un avenir où ils pourraient vivre ensemble. Mais Davey avait raison, l'amour peut surmonter toutes les épreuves, et rien ne pourrait les empêcher d'être heureux.

Plus besoin de vouloir faire aussi bien que ses parents.

Ce qu'il voulait, c'était Frankie. Ensemble, ils construiraient un futur plein de bonheur et de gaieté, même s'il était imparfait. D'ailleurs, à quoi bon chercher la perfection ? C'étaient leurs manques, leurs erreurs qui les avaient réunis et leur avaient permis de découvrir en eux-mêmes une force qu'ils ignoraient.

Il cessa d'appuyer à fond sur l'accélérateur. En réalité, il avait tout son temps. Son réservoir était plein, il n'aurait à s'arrêter qu'une seule fois en route…

À cet instant, il perçut un bruit étrange venu du moteur.

Ses mains se crispèrent sur le volant, et il eut juste le temps de garer la voiture sur le bas-côté avant qu'elle ne s'arrête. Il serra le frein à main et bondit hors de la Rolls.

Il n'avait pas la moindre idée de ce qui n'allait pas, mais il lui fallait une autre voiture. Immédiatement !

La Land Rover. Sauf que Constance l'avait prise pour aller au marché à Newcastle. Même s'il l'appelait maintenant, elle mettrait plus d'une heure à rentrer…

Brusquement il crut avoir une hallucination : un taxi noir londonien était en train de remonter l'allée. Il s'arrêta derrière la Rolls, et une femme en jaillit.

— Tu as besoin d'aide ?

Frankie se tenait devant lui, ses cheveux roux brillant dans la lumière du matin.

— Qu'est-ce que tu fais là ? demanda-t-il d'une voix enrouée par l'émotion.

— Oh ! Je passais dans le coin, alors j'ai fait un petit détour.

— Mais tu vas manquer ton avion !

— C'est le but. Sauf que je n'y ai pensé que ce matin, sur la route de l'aéroport.

— Moi aussi, j'étais sur la route de l'aéroport, murmura-t-il dès qu'il eut repris son souffle.

— Pour aller à Svalbard ?

— Non. Je n'irai pas à Svalbard. J'étais allé te chercher, pour t'empêcher de partir.

Elle fit un pas vers lui, et dans ses beaux yeux bleus, il vit briller un amour et un désir infinis.

— Et pourquoi voulais-tu m'empêcher de partir ?

— Parce que je t'aime et que j'ai besoin de toi, dit-il en prenant son visage entre ses mains. Je veux passer ma vie avec toi, Frankie.

— Tu m'aimes ? balbutia-t-elle avant de fondre en larmes. Oh ! mon Dieu ! Je n'osai pas espérer entendre cela. Moi aussi, je veux passer ma vie avec toi. Je t'aime tant…

Le visage d'Arlo se crispa, et il fondit en larmes à son tour.

— Pas autant que moi. Je n'arrive pas à croire que j'aie pu te laisser partir. Ni que tu sois revenue.

— Bien sûr, que je suis revenue ! Dans ma vie, tout le reste est accessoire. Toi, tu es comme l'air que je respire. Je ne pourrais pas vivre sans toi.

— Moi non plus.

Il l'attira à lui, cherchant sa bouche.

Comment croire qu'elle était là, qu'elle l'aimait, qu'il l'aimait, et que l'amour pouvait exister entre eux si simplement, si totalement ?

— J'avais fait de ma vie un combat permanent, reconnut-il. Je me battais contre mon passé, ma famille, et surtout contre moi-même parce que j'avais peur d'avoir tort. Mais maintenant, je suis tellement heureux de m'être trompé !

Elle le prit par le cou, et ils restèrent immobiles, les yeux dans les yeux, certains que leur place était bien dans les bras l'un de l'autre, et que pour rien au monde ils n'auraient désiré être ailleurs.

Retrouvez prochainement,
dans votre collection

AZUR

Le bébé de l'émir, de Lynne Graham - N°4466

Comment Tatiana en est-elle arrivée là ? Parce que sa cousine a fui ses noces arrangées avec le prince Saif Basara, voilà qu'elle la remplace devant l'autel, au côté de ce parfait inconnu ! Pire encore, alors qu'elle voudrait haïr son nouvel époux, qui a accepté cette substitution sans s'émouvoir, Tatiana est irrésistiblement attirée par Saif. Et c'est à l'occasion de leur lune de miel royale que leurs destins se trouvent liés à jamais, de la plus tendre façon qui soit…

Liaison avec un Grec, d'Annie West - N°4467

Passer un mois sur le yacht luxueux de Strato Doukas, le sulfureux milliardaire grec ? Un mois de plaisir sans engagement… Pour Cora l'offre est aussi scandaleuse que tentante. Alors qu'elle sait devoir garder ses distances avec l'homme d'affaires dont la réputation de play-boy n'est plus à faire, elle éprouve pour lui un désir irrésistible et y cède avec délice. Mais à jouer avec le feu il arrive qu'on se brûle. Et bientôt Cora comprend qu'elle a commis deux erreurs fatales en tombant enceinte et amoureuse de son amant…

Le fils de Nikos Manolas, de Michelle Smart - N°4468

Marisa est sous le choc. Face à elle se dresse Nikos Manolas, son fiancé qu'elle croyait mort. Et dire que pendant dix-huit mois elle l'a pleuré jour et nuit sans jamais réussir à faire son deuil. Elle a porté son enfant, lui a donné naissance en se jurant de l'aimer pour deux ! Or, pendant tout ce temps, Nikos était vivant ? Un flot d'émotions la submerge : le doute, le soulagement, puis la fureur à l'idée qu'il ait pu l'abandonner… Pourquoi Nikos l'a-t-il trahie de la sorte ? Et pourquoi, après avoir simulé sa propre mort, est-il de retour ?

Ce jeu irrésistible, de Jadesola James - N°4469

Résolue à trouver des mécènes pour sa fondation destinée aux jeunes défavorisés, Kitty n'hésite pas à s'incruster dans le très chic gala de l'année, celui qui rassemble le gratin new-yorkais. Hélas, alors qu'elle voudrait passer pour une femme d'affaires accomplie, voilà qu'elle est reconnue par Laurence Stone, un homme qui lui rappelle sa jeunesse tourmentée et ce passé qu'elle a fui avec tant d'empressement. Plus incroyable encore : loin de la chasser de la soirée, celui-ci lui propose de se mêler aux riches convives… en tant que sa prétendue fiancée !

L'épouse oubliée d'un Sicilien,
de Caitlin Crews - N°4470

Ténébreux et menaçant. Voilà à quoi ressemble Cenzo Falcone, l'homme que Josselyn a accepté d'épouser à la demande de son père. Alors qu'elle espère voir leur union de convenance évoluer avec le temps, elle est saisie d'effroi en découvrant la vérité sur son nouvel époux. Cenzo, qu'elle a suivi dans son château sicilien, n'a qu'un seul but : se venger de la famille de Josselyn à travers elle. Mais, lorsque Cenzo perd la mémoire à la suite d'une chute vertigineuse, Josselyn se retrouve face à un homme bien plus séduisant – et qu'elle pourrait aimer…

Le secret de Provence, de Rebecca Winters - N°4471

Avant de pouvoir adopter son neveu, Nathalie entreprend de retrouver le père du bébé. Et c'est en Provence que sa quête la mène bientôt. Ravie d'avoir déniché un travail saisonnier sur le vignoble de Fontesquieu, elle profite de ce joyau de la Côte d'Azur, où se dessinent collines verdoyantes et vignes surplombant le bleu de la Méditerranée. Dans ce cadre enchanteur, elle succombe bientôt au charme de Dominique, le maître des lieux et son nouveau patron. Une attirance à laquelle elle tente pourtant de résister, car Dominique pourrait bien être l'homme qu'elle recherche…

Mariage avec un patron, de Maya Blake - N°4472

Avocat spécialisé dans le divorce, Christos Drakakis ne croit pas en l'amour. Il est plutôt du genre à multiplier les conquêtes sans se soucier du lendemain. Cependant, pour hériter de l'île privée de sa famille, il n'hésite pas à demander à Alexis, sa parfaite assistante, de l'épouser ! Mais, quand arrivés en Grèce tous deux doivent jouer la comédie du mariage devant un public avide de romantisme, les voilà bientôt pris au jeu du désir et des sentiments…

La capitaine captive, de Marcella Bell - N°4473

SÉRIE : *GARDE ROYALE* - 2/3

Capitaine de la garde royale de Cyrano, Helene d'Tierrza n'a peur de rien ni de personne. Pourtant, le jour où elle est enlevée par Drake Andros, « Le Loup des mers », elle est saisie d'effroi. Non pas qu'elle craigne d'être la captive de cet homme redoutable mais plutôt de succomber au désir qu'il éveille aussitôt en elle ! Alors qu'elle tente de recouvrer son sang-froid, Drake lui révèle qu'elle sera l'objet de sa vengeance : si Helene veut recouvrer sa liberté et racheter les torts que sa famille a causés à celle de Drake, elle devra l'épouser et lui donner un héritier !

Une irrésistible assistante,
de Cathy Williams - N°4474

SÉRIE : *LE MYSTÈRE DES STOWE* - 3/3

Devenir la maîtresse de son patron ne figurait pas sur la *to-do list* d'Ellie ! Hélas, alors qu'elle a toujours été une assistante efficace et discrète, elle a perdu l'esprit durant ce voyage d'affaires à la Barbade, en compagnie de James Stowe, l'homme qu'elle aime en secret… Mais le pire reste à venir : alors qu'elle voudrait pouvoir oublier cette liaison éphémère, leur histoire est révélée au grand jour, les projetant tous deux dans un retentissant scandale…

Deux héritiers pour un cheikh,
de Clare Connelly - N°4475

Pour accéder au trône, le cheikh Khalil doit se marier avant son trentième anniversaire. Rien qui l'empêche de succomber d'abord au désir que lui inspire la belle India, rencontrée lors d'une soirée. Seulement, lorsque sa maîtresse d'une nuit lui révèle peu après qu'elle attend des jumeaux de lui, Khalil est forcé de revoir ses plans. En homme d'honneur et pour préserver sa couronne et ses héritiers, il demande à India de l'épouser…

L'étreinte interdite, d'Anne Mather - N°4476

La comédie qu'est devenue sa vie doit prendre fin, Grace le comprend le soir où elle fait la connaissance de Jack Connolly. Car, face au séduisant milliardaire, prétendre être en couple avec Sean Nesbitt, un homme odieux qu'elle déteste, se révèle être un véritable supplice. Or Grace n'a pas le choix : un seul faux pas de sa part et la fortune de sa famille, que Sean a sournoisement accaparée, risque de disparaître à jamais. Alors, quand Jack lui demande de l'accompagner visiter un cottage qu'il envisage d'acheter, Grace hésite. Elle devrait refuser, elle le sait. Mais elle lit dans le regard de Jack la promesse d'un plaisir qu'elle n'a encore jamais connu, et l'attrait de l'interdit lui semble tout à coup absolument irrésistible…